수다,
꽃이
되다

맨발동무도서관의 마을만들기 프로젝트

수다, 꽃이 되다

임숙자 엮음 ● 백복주 사진

해피북미디어

8년 전 도서관을 처음 열었을 때, 우리는 행복한 사람들이었다. 마을에서 함께 아이를 키우고, 우리들의 이야기를 나누고, 때때로 동화의 나라에서 오래된 우리를 만나는 일. 그 꿈같은 일들을 마을 안에 있는 스무 평 남짓 도서관에서 하나씩 하나씩 만날 수 있었던 것이다. 아이들의 손을 잡고 대천천 개울을 찰방찰방 건너 도서관 으로 오는 길은 마치 꿈길과도 같았다.

〈맨발동무도서관〉은 한 마을의 편안한 평상과도 같아서 누구라 도 둘러앉아 함께 책을 읽고 다양한 사람들이 서로 '통'하는 즐거 운 배움터가 되기를 바랐다. 더불어 책과 사람과 마을이 서로 이야 기를 나누는 곳이면 좋겠다고 생각했다.

그래서 도서관이 평범한 사람들의 삶을 이야기하고, 기록하고, 나아가 마을의 역사로 이어지게 하는 문화적 토양을 풀무질하는 곳으로 나아가려는 작업들을 하고 있다.

이런 작업들 가운데, 2012년에는 30~50대 마을 여자들의 '그림 책 수다꽃'과 아파트 경로당 어르신들의 '일상 들여다보기'를 진행 하였다.

마을 여자들을 만나고 어르신들을 만나면서 특별하지 않은 평범한 사람들의 이야기가 주는 감동에 눈가가 붉어지는 날들이 많았다. 이 자잘한 감동들은 분명 개인의 삶을 성찰하는 좋은 토양이 되고 우리 마을의 역사가 되리라 믿는다.

부족한 점이 많지만 마을도서관이 환대의 집이 되고, 공감이 있는 이야기판을 만들고, 개인의 삶을 돌보고 함께 기록하는 새로운 마을을 여는 통로가 되기를 바란다. 8년 전 그때처럼 우리는 다시 '이야기'를 앞에 두고 행복한 사람들이다. 갈 길은 멀지만 그래도 마을사람들과 도서관이 함께 있으니 두렵지만은 않은 길이다. 책과 이야기와 사람들이 좋은 길동무가 될 터이니까.

이렇게 걸을 수 있도록 크고 작은 이야기판을 열어주신 분들께 고마움을 전한다.

맨발동무도서관 이야기꾼 임숙자

차례

2부 도란도란, 어르신들의 일상

1부 그림책 수다꽃

그림책 수다꽃은 30~50대 여자들의 이야기다. 우리는 그림책을 사이에 두고 30대부터 50대까지의 마을 여자들을 매주 만났다. 한 권의 그림책을 읽고 서로의 이야기를 생각나는 대로 나누었다.

그녀들을 만나면서 참 많이 웃기도 하고 또 정말 많이 울기도 했다. 그렇게 어색하기만 하고 어찌할지 몰랐던 시간들은 그녀들의 힘으로 편안하고 정말 중요한 시간들이 되어갔다. 젊은 여자들에게는 치열함이, 열정이 아직 남아 화나는 일도 많고 슬픈 일도 많고 또 기쁜 일도 많았다. 어떤 철학책이 있어, 이렇게 인생에 대해서 담백하고 정직하게 이야기해줄 수 있을까?

돌아보니 아쉬운 점이 많다. 좀 더 준비를 많이 할 걸 그랬나. 그랬으면 마을 여자들에게 좀 더 많은 도움이 됐으려나 생각하다가 머리를 저어본다. 내가 모자란 만큼, 딱 그 빈자리만큼 그녀들은 훌륭했고 공감했던 것 같다. 함께 웃어준 그리고 울어준 대천마을 젊은 여자들에게 감사의 마음을 전한다. 우리는 내일 또 만날 거다.

우리 가족입니다

보리 올해도 〈맨발동무도서관〉이 한국문화예술위원회로부터 생활
문화공동체사업 지원을 받았습니다. 그래서 지금 마을 여자들
이야기와 그린경로당 할머니들 이야기 저희가 듣고 있거든요.
그냥 아주 특별하거나 뭐 이런 것이 아니고, 살아가는 이야기 한
번 해보려고 마을의 이야기꾼(웃음)을 소개시켜 달라고 했는데
진짜 꾼으로 소개를 받았어요. 같이 듣고 공감하는, 조금 더 한
두 살 어린 (웃음소리) 여자들, 동생들하고 같이 들으면 좋겠다
싶어서 또 대천 마을학교에 부탁을 했어요. 마을 여자들 얘기는
우리가 나누는 대로, 우리의 이야기가 어떻게 흘러갈지 모르니
까, 이렇게 자연스럽게 할 생각이거든요. 그래서 언니들하고, 우
리 젊은 친구들이 마음을 모아서 우리가 사는 이야기를 해보면
좋을 것 같아요.

일단, 이쪽부터 돌면서 편안하게 소개를 하되 좀 적극적으로
해 주시면 좋겠어요.

한사람 ○○마을학교의 한사람입니다. 작년에 하던 거(「도시 여자들
의 꿈」)를 제가 눈으로 슬쩍슬쩍 봤거든요. 작년에 참가하지는
않았지만 저는 되게 이미지가 좋았어요. 요번에도 대천천네트워

크 언니들이랑 한다고 하길래 이 모임을 통해서 좀 친하게 될 수
도 있고, 동네 언니야처럼 "언니야 언니야" 하고 부르고 싶어서
참가하게 됐습니다. (잘) 부탁드릴게요.

(모두 박수)

햇살 저는…….

(아… 몇 살인지 말을 해야지?)

한사람 아! 저는 4학년 7반이에요.

바람결 동갑 있으면 손들고.

햇살 저는 저… 바느질하다가, 옆에서 급 시달려가지고 딸려 왔습
니다. 이름은 햇살이고, 나이는 서른여덟이에요. 여기 이사 온 지
1년이… 아직 한 11개월 정도 되었고요. 우리 아이가 참빛(학교)
다니고 있어요.

한사람 제일 새댁이에요.

햇살 아닙니다. 밑에 있습니다.

나무 내가 보기에 좀 늙어 보이지?

한사람 아니 아니. 입주, 화명동 입주 연한은?

햇살 그런데 뭐 제가 저번에도 말씀드렸지만, 제가 초중고를 여기
서 다녔기 때문에 어떻게 보면 화명동의 옛날 모습을 많이 알고
있어요.

한사람 제가 화명동댁이에요.

보리 그전에는 어디서 살았어요?

햇살 그전에는 우리 엄마, 아빠 신혼 때니까 여기저기 살았던 것 같
아요.

수다, 꽃이 되다

보리 화명동 살았을 때는 어디 살았어요?

햇살 화명주공.

보리 자, 그럼 차근차근 이야기를 해보겠습니다.

(모두 박수)

오늘이 처음이라서 나는 아무것도 모른다.

바람결 언니 하고 싶은 대로.

오늘이 나는 나이가 많아서…….

(괜찮아 언니야, 언니 같은 사람이 있어야 되잖아. 그래야 또 우리도 언니가 생기고.)

오늘이 저는 뭐 토박이도 아니고 여기 이사 온 지 16년 됐거든요.

나무 토박인데요.

오늘이 이 아파트 이사 올 때부터 있었으니까. 그냥 대천천네트워크 회원이고, 이름은 오늘이고 나이는 쉰둘.(혼자 웃음)

바람결 우리 언니 나이 많다. 거짓말하면 안 되지. 내가 쉰둘인데, 언니가 쉰둘이라고? 언니, 쉰일곱이지? 쉰여덟이가?

오늘이 쉰여덟.

(모두 일제히 와~젊다. 등등.)

오늘이 아도 딱 한 개. 딱 한 번만 잤거든.

(모두 큰 웃음)

오늘이 딱 한 개다. 스물네 살짜리 딱 한 개다. 아저씨 한 개 있고 나 한 개. 아들 한 개. 이렇게 있어요. 큰아들, 작은아들, 나, 이렇게 셋이지.

보리 단출하시네요. 일은? 그냥 집에 계시는 거예요?

오늘이 아무 일도 안 해. 그냥 집에만 있어.

보리 그런데 제가 볼 때는 늘 바쁘시던데요?

바람결 우리 동네 동장님입니다요!

(일제히 박수 웃음)

바람결 이런 높으신 분들, 섭외한다고 힘들었다. 다들 얼굴도 되고.

(모두 웃음)

바람결 절대 안 온다고 하는 거를 섭외한다고 욕봤습니다.

풀잎 안녕하세요? 저도 그린아파트에는 입주할 때부터 살았고, 지금은 코오롱에 살고 있구예. 애는 뭐 1남 1녀구예. 건강하게 지금 네 식구가 살고 있구예. 요즘은 이렇게 친구들 통해서 네트워크에 오게 되어 가지고 진짜 사람들을 만나니까 너무 좋고 또 올라오다 보면은 〈맨발동무도서관〉 사람들이 있다 해서 참 좋게 봤구요. 생활하면서 좋은 사람들을 만나다 보니까, 사람들을 워낙 좋아라 하다 보니까, 저는 그게 좋아 가지고. 그냥 차 한 잔 마시러 친구한테 오고 요즘은 진짜 올라갔다 내려갔다 하면서 사용을 하고 있구여. 그냥 그렇게 평범하게 살고 있는 주부입니다. 저는 풀잎이고예. 나이는예? 나이는 쉰이구예.

라일락 딸 둘에 나이는 마흔여섯. 저는 정말 전업주부로 집에서 은둔생활을 하다가 이쪽으로 나온 지가 삼 년 정도 돼요.

오늘이 화명동에 온 지는 몇 년 정도 됐노? 몇 십 년 됐나?

라일락 화명동에 온 지는 한 25년 됐나.

한사람 결혼하자마자 오신 거예요?

라일락 결혼하기 전부터 와가, 결혼하고 잠시 이사를 했다가, 다시

수다, 꽃이 되다

화명동 쪽으로 와서 주구장창, 말 그대로 은둔생활을 했었는데, 나온 지는 3년 정도 됐고, 나와서 보니까 좋은 사람들이 너무 많아서 나오기를 참 잘했다는 생각을 하고 있습니다. 새마을부녀회 회원이기도 합니다.

보리 새마을부녀회는 마을별로 있는 거예요? 아니면 아파트별로 있는 거예요?

언니들 동별로 있는 거지. 우리는 화명2동 새마을부녀회.

라일락 이름은 라일락입니다.

보리 사시는 데는 어디세요?

라일락 저기 버스종점. 126번 종점 있지요? 그 옆에 있어요. 마을에 주택이에요.

보리 거기 좋던데.

라일락 맞아요. 너무 좋아요.

보리 그러면 주택에서 쭉 오래 사셨네요?

라일락 네. 답답해서 아파트 생활을 못해요. 친구들이 아파트 사는데 동, 호수를 불러주면 찾을 줄 몰랐어요.

보리 엘리베이터는 돈 내고 타는 줄 알고…….

　(모두 웃음)

보리 그러면 딸만 둘?

라일락 네. 큰애가 지금 스물하나. 결혼하자마자 바로 낳아가지고.

오늘이 한 번만에 바로 생긴 거네?

라일락 네. 그런 것 같아요.

　(모두 웃음)

보리 즐겁겠네요. 언니들하고 막 몰려다니고.

라일락 네. 맞아요.

바람결 내도 해야 돼?

모두 해야지요.

바람결 저는요. 스물다섯 살, 스물두 살 1남 1녀를 둔, 그리고 친정에서 막내로 태어났습니다. 그냥 그렇게 재미있게 살고 있습니다. 모두 좋은 이야기 나누는 좋은 시간 됐으면 좋겠습니다. 저는 토끼띠 쉰 살입니다.

보리 그러게요. 저한테 막 자랑하시더라고요. 좋은 분들하고 오신다고.

바람결 평소에 제일 편하고 좋은 언니, 친구, 동생들이거든요.

보리 너무 기대돼요. 앞으로가요.

봄눈 저도 이렇게 창원 살다가 부산에 이사 온 지 꼽아보니까, 16년 됐네요. 원래는 금곡동 화목아파트에 있었는데요. 여 화명동으로 이사 온 지는 한 6년. 지금은 유앤아이에 살고요. 저도 매일 도서관에서 놀아요. 도서관에서 작년에 대천천 언니들 모시고 「평상너머」 이야기 들었는데 너무 재밌더라고요. 제가 언니가 없어요. 2남 2녀에 장녀거든요. 그래가지고 학교 다닐 때 선생님이 소원을 적어 내라고 하면, '언니가 있는 사람들'이라고 적어 냈어요. 언니가 있었으면 좋겠다, 이런 생각도 평상시에 너무 많이 했고. 근데 제가 어딜 가도 점점 나이가 많은 축에 속하니까, 전에처럼 어리광 부리고 싶고 그런데 제가 나이가 많으니까 그런 걸 못하는 거예요. 그래서 어디 좀 어리광 부릴 데 없나 하고

수다, 꽃이 되다

찾고 있는데, 그때 여기 언니들이 너무 재밌고, 또 이번에 모여서
이야기를 한다 하길래, 가서 재밌게 놀아야지, 언니들하고 어리
광도 피우고 싶어서 얼른 손 들고 왔거든요.

바람결 참 잘했어요.

(모두 웃음)

봄눈 이름은 봄눈이고요. 나이는 마흔여덟이에요. 아이는 셋 있어
요. 스물하나, 스물 그 다음 열다섯. 딸, 아들, 딸. 귀엽게 봐주
세요.

나무 저는 서른일곱? 맞나?

봄눈 맞아 서른일곱!

나무 서른일곱이고요. 화명동에 온 지는 3년 정도밖에 안 됐어요. 지금은 뜨란채 살고 있어요. 애는 일곱 살, 네 살, 아들 하나, 딸 하나. 저는 고향이 시골이거든요. 시골에서 자랐는데 엄마가 부녀회장이세요.

보리 자기 이야기를 하라니까, 엄마 이야기를 하네.

나무 제가 내세울 게 없어요. 우리 엄마가 10년 장기집권!

라일락 그래. 약간 그런 포스가 풍긴다.

나무 음. 엄마가 10년 장기집권 하셨는데. 시골에 사시는 분 모두 나이가 많아서 할 사람이 없어요. 엄마가 결혼하시자마자 저를 낳아서 좀 젊으시거든요. 그래가지고 부녀회장을 그렇게 오랫동안 하게 된 거예요. 시골에는 부녀회가 되게 잘 돼 있어서 나이와 관계없이 이리저리 재밌게 잘 지내세요. 반대로 저는 이 동네에서 그냥 비슷한 또래 사람들하고만 놀았어요. 그런데 작년에 맨발동무에서 「평상너머」라는 걸 하면서 대천마을 언니들을 만났는데, 언니들이 그냥 이리저리 살아온 이야기를 하시는 게 너무 재밌고 그런 거예요. 엄마한테 전화해서 우리 동네에도 부녀회가 있다면서 그렇게 막 이야기했어요. 지금도 시골, 거기서는 동네잔치하고 체육대회하고 그러는데 그러는 것도 마구 부럽고, 그렇게 해보고도 싶고 그래요. 그리고 이 모임에서 사진을 찍어요.

풀잎 작가이십니까?

나무 작가이고 싶어예. (모두 웃음) 이걸 열심히 하다 보면 작가가 되지 않을까요?

수다, 꽃이 되다

보리 그냥 자연스럽게 이야기하시면 될 것 같아요. 사진 찍는다고 신경 쓰시지 말고예.

나무 포샵도 해 드리고 예쁘게 나오게 해 드릴 테니까. 걱정 마시고 편안하게 자연스럽게 하시면 될 것 같아요. 그리고 이 모임에 와서 언니들처럼 예뻐지고 날씬해지고 싶어요.

(모두 함께 웃음)

보리 저는 원숭이띠. 마흔다섯. 딸 하나, 아들 하나. 엄마 아버지는 없어요.

(하하하하)

풀잎 일찍 돌아가셨나 보네요.

보리 제가 9남매의 막내거든요.

오늘이 엄마, 아버지가 다 늙었지요?

보리 우리 엄마는 저에게 아줌마였던 적이 없어요. 내 친구 할매랑 우리 엄마랑 친구!

오늘이 그래서 막내는 불쌍하다 했어.

보리 그러게요.

풀잎 나는 별로 그런 거 못 느꼈는데, 결혼해가 아기 낳았을 때 제일 그런 느낌을 많이 받았는데. 아기 낳았는데 엄마가 딱 오셨는데 할머니니까. 우리 엄마가 마흔에 나를 낳았으니, 그때는 완전 할머니지. 엄마가 와가지고 밥도 해주고 애도 봐주고 해야 하는데 엄마가 할머니니까 안 되는 기라. 그래서 나는 젊은 엄마가 와가지고 막 이리 해주는 분을 제일 부러워했다 아입니까. 다른 때는 뭐 막내니까 귀여워해주고, 언니들도 다 이리 보살펴주고 그랬으니까. 연세가 많고 그런 거 그전에는 못 느꼈어. 결혼하고 나서 느꼈다니까.

보리 그때는 뭐 나이가 많으니까, 애가 생겼는지 뭔지 모르고 있다가 배가 나오고, 뭔가 꾸물꾸물하니까, '아이고 이게 뭐 생겼나 보다' 했어요. 그리고 싫잖아요, 나이도 많은데. 그래서 그때 엄마가 막 밭 언덕에 올라가서 구르고 뗄라고 그랬데요.

풀잎 9남매가 다 살아 계세요?

보리 네. 지금 제일 첫째가 팔십이 다 되었지요. 아마!

모두 우와~~~

봄눈 그래서 저 사람은 시어머니한테 막 반말하고 그래요.

바람결 자주 다들 모여요?

보리 일 년에 한 번 정도. 아버지 엄마 제사 때는 많으니까 따로따로 가요. 따로따로 갈라고 해서 그런 게 아니라, 살다 보니 그날 일이 있어 아버지 제사에 못 가면 엄마 제사 때 가고. 그때 반쯤 오면 그래도 다른 집 식구와 비교하면 다 온 것 같고.

오늘이 조카들하고는 어때요? 조카들 나이가 더 많겠네?

보리 네. 큰오빠네와 둘째언니네가 출산을 끝내고 제가 태어났으니까. 어릴 때 우리 조카랑 저랑 같이 자랐는데 명절 때 오거나 그렇게 하면 숟가락 가지고 싸웠어요. 우리 집에 유일하게 있던 작은 숟가락 가지고. 걔는 또 그 숟가락에 먹고 싶었던 거지. 그래서 숟가락 가지고 막 싸우고 그랬어요. 그 조카가 낳은 아이가 내가 낳은 아이보다 나이가 훨씬 많거든요. 그러니까 항렬이 막 엉망인 거예요.

수다, 꽃이 되다

오늘이 그래, 그게 참 그런 거야. 말하기도 어색하고 막 그렇더라고.

보리 조카는 또 뭐 언니가 낳은 딸이고 그러니까 괜찮은데 그 조카 사위는 내가 "송서방" 그러기도 이상하고, "미연이 아빠" 그렇게 부르니까 또 남의 아저씨 부르는 것 같고, 그래서 대충 얼버무려요.

풀잎 맞아 그게 불편해. 그런 게.

보리 이제 인사는 이렇게 된 것 같고요. 마을 여자들의 「그림책 수다꽃」이라고 이름을 정했어요. 도서관에 있는 사람이라 그림책을 도구로 쓰려고 해요. 그림책이, 보통 아이들 어릴 때 읽어주기도 하고 그랬지만, 그림책의 언어가, 그림이나 언어가 누구를 위한 거냐 하면요, 어른을 위한 언어가 되게 많아요. 그래서 책을 읽어주면서 자연스럽게 이야기를 나누는, 그림책에는 인생이 다 들어가 있으니까, 그렇게 이야기를 풀어나가려고 해요. 그렇게 어렵지는 않을 것 같다는 생각이 들어요. 제가 도서관에서 언니들과 이야기하고 싶은 주제가 담긴 책을 골라놨어요. 그걸 만날 때마다 읽기도 하고요. 생소하지는 않으시죠?

모두 네.

보리 오늘 제가 여기 가져온 게 있는데 이런 그림책이에요. 오늘은 마칠 때 한 권 읽어드리려고 해요. 그리고 이제 우리가 모일 약속 시간을 정하는데요. 우리가 언제 만나서 이걸 하면 좋을까 이야기를 좀 나누려고 해요. 언니들이 뭐 직장에 얽매이지 않으니까 이런저런 괜찮은 때를 말해주시면 그걸 참고로 해서 다음 약속을 잡으면 될 것 같아요. 여름에는 휴가도 가니까 휴가 갈 때는 좀 쉬었다 가기도 하고. 이 친구가 녹음한 것을 채록해서 글로 옮길 테니, 나는 이런 이야기는 빼고 싶다, 삭제해달라 하시면, 그렇게 할 거예요. 우리도 뭐 별명을 정해도 되고요. "경자씨, 말자씨" 이렇게 해도 되고요. 예전에 우리 동네 언니들 보니까 예명 이런 거 정하고 그러던데요. 언니들이 원하는 거 있으면 딱 정해서 이야기하시면 될 것 같아요.

오늘이 그러면 한 달에 몇 번 만나야 하는 거예요?

보리 그것도 우리가 정하면 되는 거예요.

풀잎 한 번 하면 시간이 얼마나 걸리나요? 그걸 알아야지만 계획을 짤 수 있으니까.

보리 한 시간에서 한 시간 반 정도 그림책을 읽고, 이렇게 돌아가면서 이야기를 나누고, 한두 바퀴 정도 돌고 나면 한 시간 반 정도. 그러다가 이야기가 재밌고 그러면 두 시간 정도 해도 좋을 것 같아요. 그리고 너무 급한 일이 있다, 그러시면 중간에 딱 나가셔도 되고요. 그리고 우리가 이야기를 하는 것보다 듣는 것도 굉장히 중요한 것 같아요. 그렇게 듣다 보면 자기 생각이 이렇게 정리되는 부분도 있고. 또 이야기를 하다 보면 풀어지는 게 있더라고요. 잘하면 참 좋을 거라는 생각이 들기도 해요.

저도 마흔이 넘어가니까 되게 힘들더라고요. 어떻게 해야 할지도 모르겠고. 딱히 뭐가 힘들다 이거는 없는데. 본래 갖고 있던 뭔가가 있는 것 같더라고요. 그동안은 엄마 없는 것이 하나도 서럽지 않았는데 그때쯤 되니까 너무 서러워가지고 엄마 있는 인간들이 다 싫은 거예요. 그래서 "느그들은 좋겠다. 엄마가

수다, 꽃이 되다

와서." 그렇게라도 이야기를 하니까, 그리고 그런 이야기를 편안하게 들어줄 사람들이 있으니까 이런 이야기를 할 수도 있는 것 같아요. 그래도 이 자리는 제가 좋은 게, 마을에서 왔다 갔다 하면서 볼 수 있는 언니들은 제가 이렇게 푹 쳐져서 가면 "저…… 아가 왜 저렇게 처져 가노" 하고 아는 척도 해주실 거고 그러면 참 좋겠다, 이런 생각도 들고.

같이 사는 이 마을에서, 말을 옮기는 것이 아니고 온전히 좀 봐주고 하는 사람을 많이 만드는 것이 정말 외롭지 않게 사는 거구나 하는 생각이 들더라고요. 우리가 보통 수다를 떨어보면 이렇게 가리고, 다 이야기를 하지 않고 그러거든요. 그런데 자기 벽을 이렇게 허물고 보면 이야기 못할 것들이 없잖아요. 우리 마을에 여자들이 자신을 속이고, 자신을 버리는, 그런 일이 생기면 슬프잖아요. 그런 일 없게 하는 데 이 이야기가 뭔가를 할 수 있지 않을까, 하는 생각이 들었어요. 그러면 참 좋지 않을까…….

그러면……자, 우리는 어떤 요일이 좋을까요.

바람결 수요일. 언니, 수요일 돼요?

보리 수요일이 도서관 쉬는 날이거든요. 그런데 수요일에 이것 때문에 나오게 되면 뭐…… 나와도 되긴 되는데…….

바람결 그거는 좀 아닌 것 같네.

보리 그러면 월요일은 무슨 일 있어요?

오늘이 월요일에 회의가……. 아! 오후니까 상관없겠구나.

보리 월요일 괜찮으세요?

모두 네.

바람결 뭐 언니가 일이 있거나 그러면 그때는 조정하기로 하고, 월요일 오후 3시로 하지요 뭐.

보리 오늘이 언니가 꼭 있어야 되는데.

바람결 그러니까!

보리 그러면 우리가 모임 날짜를 월요일 3시로 잡는데, 특별히 일이 있거나 회의가 있으면, 우리도 한 달에 한 번 정도 월요일에 회의하러 가는 날이 있거든요. 그러니까 그때는 또 조정하고 그렇게 할까요?

모두 네.

보리 그러면 월요일 오후 3시. 제가 이렇게 문자로 넣어 드릴게요. 제가 한 번 만났으니까 문자로 드릴게요. 장소는 여기가 괜찮을까요?

바람결 여기가 괜찮아. 언니는 어때요?

오늘이 괜찮아. 괜찮아.

보리 그러다가 여기에 무슨 일이 있으면 도서관에서 해도 돼요.

바람결 그럼 여기 〈맨발동무도서관〉에서 모임을 하는 걸로 하고. 또 어느 날에는 한 잔 하러 가기도 하고 그럽시다. 밤에 하는 거하고 낮에 하는 거하고 다르잖아.

보리 밤에 맥주도 한 잔 하고 뭐 괜찮으시죠?

언니들 네.

보리 그러면 월요일 3시로 하기로 하고요. 다음 주부터 바로 여기서 뵐게요. 그리고 오늘은 그림책 한 권 읽어드리고 마치는 걸로 하겠습니다. 제가 그림책을 좀 잘 읽어요. 우리 도서관에서 목소리가 좋은 것 같아요. (하하 이런 자랑을….)

『우리 가족입니다』 그림책을 같이 읽었습니다.

보리 오늘은 아무 말 없이 어떤 장면에 꽂혔는지 마음으로 생각하
시면서, 여기서 마치겠습니다.

모두 고생하셨습니다. 짝짝.

작은 집 이야기, 만희네 집

『작은 집 이야기』를 함께 읽었습니다.

보리 나누고 싶은 이야기 있으면 한번 해보기로 해요. 동창회 갔다
오셨다면서요?

바람결 동창회? 동창회는 3월에 잠깐 들렀다가 오느라고 저는 회비
도 못 냈어요. 이번에 딱 마음을 내서 갔는데 낯설고. 갔다 오면
아쉬운 것도 있고, 어찌 생각하면 다음에는 안 와야지 하다가 또
친구들 생각하면 보고 싶고.

보리 또 언니는 어떻게 지내셨어요?

풀잎 뭘 했는지도 모르겠네. 일주일이 너무 금방 가서. 우리 아들이
인제 기숙사에서 오고 그랬으니까 그 뒤치다꺼리. 빨래부터 먹
을 것까지. 그런데 남자애가 막 크고 그러는데. 집에서 어느 날
부터 덥다고 웃통을 벗고 다니네. 그리고 자고 있는데 지 방에
들어갔더니만 옛날에는 헐렁한 트렁크 팬티를 입었는데 요즘은
또 딱 붙는 거를 입데. 그래서 자고 있어서 얇은 홑이불이라도
덮어주려고 갔는데, 내가 엄마로서 보기도 민망한 거야. 웃통 벗
고 있지. 팬티는 쫄로 해가지고 딱 붙지. 참.

보리 몇 살이에요?

풀잎 스물네 살이요.

모두 아~.

풀잎 그래서 살짝 홑이불만 덮어주고 나왔는데, 그러니까 이것저것 신경 쓰이지, 먹을 거 챙겨주고 그러니까 일주일이 금방 가버렸어요. 우찌 지냈는지를 모르겠다니깐요.

라일락 나는 그냥 한 일이 없어서. 그런데 둘째 딸이 생리를 안 해서 기다리고 있었거든요. 맨날 인제 하나? 하나? 막 물어보고 그랬거든요. 그런데 한날 오더니 "엄마 나 하는 것 같아" 하는 거예요. "어~~ 어~~" 반가워서 그랬는데 "할 줄 알지? 학교에서 배웠나? 가르쳐줄까?" 이러니까 다 할 줄 안대. 그런데 그 다음 날 돼서 "계속하지?" 그러니까 안 한다는 거예요. 딱 한 번 하고 안 하는 거예요. 안 그래도 큰 딸도 그러고 나서 1년 후에 했거든요. 밥 먹으면서 이야기를 했더니 안 그래도 첫째 딸이 "엄마 유전이네, 뭐" 그러더라고요.

풀잎 뭐 징후 같은 건 없었어?

라일락 엄마, 배가 좀 아파. 그러더라고요. 그런데 워낙 잘 먹고 그러니까 또 너무 먹어서. 그런가 보다 싶었지요.

보리 키도 커요?

라일락 예예. 고등학교 2학년인데.

보리 아……. 그럼 늦다.

라일락 지금 그 아가 살을 빼고 싶은데 살을 빼면 키가 클까 봐 살을 못 빼요.

수다, 꽃이 되다

나무 큰 애들은 그게 걱정인가 보더라고요.

라일락 어~ 어~.

보리 얼마나 크면 그런 생각을 할까?

라일락 그렇게까지 크지는 않는데, 165에서 7 정도.

모두 오우~ 크다.

라일락 그런데 생리를 안 하니까 엄마로서 너무 걱정되고 그래서 1
년 전에 한 번 병원에 가보자고 하니까 부끄러워서 안 갈라고
하더라고요.

보리 그렇지요.

라일락 그래서 나도 늦었고 그랬으니 한 번 기다려보자 했는데 마
침……. 그래서 진짜 반가웠어요. 그런 일이 있었어요.

풀잎 우리 딸도 다음 주에 여행을 가야 하는데, 지금 생리가 나와
야 하는데 안 나온다고 막 기다리더라고요. 그런데 토요일 저녁
부터 막 배가 아파가지고 내가 막 쓸어주기도 하고 정신을 다른
데 팔자, 쇼핑하러 가자, 그래도 안 갈라 그러는 거야. 우리 딸은
그래 심해요. 중학교 고등학교 때는 진짜 심했고, 그래도 이번
주에 나와서 그래도 좀 낫다면서.

오늘이 근데 그거는 한약 먹으면 된다던데?

풀잎 그런데 차서서 그렇다는데, 몸이 찹다는데 야는…….

보리 우리 언니들 보니까 육모초 이런 거 고아서 먹고 그러든데.

풀잎 내가 결혼하면 낫는다고 하니까 그러면 빨리 결혼해야겠네,
그러더라고. 나도 참 많이 심했는데 결혼하고 나서 어째서 그랬
는지 괜찮더라고요. 지금도 조금 우리 하고 그런 건 있지만 막

아프고 그러지는 않아요. 근데 야는 되게 심해요.

보리 엄청 심한 사람들은 그날 하루는 외출도 안 한다는데요.

바람결 학교 다닐 때 왜 꼭 한 달에 한 번 결석하는 애들 있었잖아 왜.

풀잎 어떤 날은 사리돈인가 뭔가 하는 약을 딱 반을 주거든요. 그런데 그걸 먹고 나면 거짓말처럼 하나도 안 아파.

보리 그러면, 너무 심하거나 어디 나가야 하거나 그러면 먹어야 되겠다.

풀잎 어떤 때는, 너무 못 참겠거나 나갈 때는 먹고, 집에 있거나 참을 만하거나 그러면 안 먹고 그래. 어제는 참아보더만은, 나왔다.

바람결 검사는 한 번 해보나? 대학생이니까 그럴 때는 검사를 한 번 해봐.

풀잎 그래야겠어.

보리 그런데 언니는, 하루를 했지만 어쨌든 첫 생리를 했잖아요. 요즘은 아빠들이 뭐를 해주고 하던데.

라일락 그렇게 하려고 하던데 하루 하고 안 하니까 그래 남편이 계속 "하더나?" 물어서 "아니 안 하더라" 하니까 "그럼 진짜 맞더나?" 물어보더라니까. "맞는 거 같더라" 하니까 그래가지고 "느그 언니도 한 1년을 안 하던데 니도 그런가?" 했다니까. 그래서 뭐를 해주기도 그렇고 그렇더라니깐. 계속 나온 것도 아니고 잠시 샤워하러 갈라니까 그리 된 긴데.

보리 그러면 다음 나올 때까지 기다려야 되겠다.

수다, 꽃이 되다

라일락 그런데 조금 아쉽더라고. 아무리 초경이라도 이틀은 할 낀데. 안 해서 내가 확인을 안 해봐가지고 의심스러운 기야 이기. (모두 웃음) 그래서 쇼핑을 가자고 해서 쬐끔 기쁜 것도 있고, 그런데 중요한 거는 같이 가서 싸워가지고 각자 올 뻔했다 아니가. 교양 있게 하려고 참고 했는데, 지 하자는 대로 했는데 너무 화가 나는 기야. 내가 천 원짜리만 있었으면 주고 "타고 온나" 하고 왔을 낀데 없는 기라. 딱 "엄마 따라온나" 이 한마디만 하고 집에 와버렸거든요. 그래 오늘 아침까지 아무 말도 안 하고 있었는데 지가 말을 하더라고. 그래 그렇습니다. 막내딸하고 아무래도 아직까지 사춘기니까, 그러려니 하고 되도록 지한테 맞춰주려고 하는데, 나도 살짝 받칠 때가 있는 거예요.

보리 다음 언니.

대천천과 함께라서 즐거운 우리동네

봄눈 저는 토요일에 우리 도서관에서 자원활동 하시는 선생님들하고 대천천을 이렇게 한 바퀴 돌았거든요. 그리고 물놀이도 했거든요. 좋은 자리 맡을 거라고 코오롱아파트 앞으로 갔거든요. 아침 일찍 갔어요. 그래서 돗자리 펴놓고 자리를 맡고 있는데 사람들이 막 오는데 10시까지 그러고 있으려니까 좀 민망하더라고요. 원래 두 명이서 같이 앉아서 막 이야기 하면서 기다렸는데요. 남아 있는 다른 돗자리들이 너무 민망해서 나중에는 따로 온 가족들처럼 따로따로 앉아 있었어요.

그런데 사람들이 여기를 의외로 잘 모르는 거예요. 여기에 처음 와봤다는 사람도 많은 거예요. 모르고 요 밑에서만 놀았다고 하면서 이렇게 넓고 좋은 데는 몰랐다고 하면서 막 노는데 진짜 갈 생각을 안 하는 거예요. 오후 5시 넘어서 안 가겠다고 하는 분들은 남겨놓고 짐 싸가지고 그냥 왔거든요. 집에 가가지고 문자 받았어요. 좋은 데 알려줘서 너무 고맙다고. 근데 여기 진짜 좋더라고요. 양쪽 계곡에서 물이 내려오는데 이렇게 앉아서 쳐다보는데, 진짜 첩첩산중에 계곡 못지않더라고요.

바람결 어제도 진짜 풀장 못지않게 사람 많더라고.

오늘이 그런데 차들이 너무 많더라고. 어찌 좀 해야겠던데. 어제도 차가 엉켜가지고 오도 가도 못하더라고.

오늘이 우리는 내내 살아도 거기 안 가지는데.

풀잎 우리는 애들 어릴 때 자주 올라갔는데. 지금은 애들이 크니까 안 가지만.

오늘이 올여름에도 한 번도 안 갔어.

라일락 언니야 우리끼리 한 번 가자.

모두 (하하하) 한 번 가요, 우리도.

바람결 대천천이 작아도 짱이다. 짱!

봄눈 진짜 대천천이 최고야.

풀잎 어제는 보니까 거기 깊은 곳 있잖아요. 거기 코롱 앞에서 어떤 아저씨가 막 혼자서 수영을 하면서 놀고 계시더라고. 내가 보는데 웃겨서 죽는 줄 알았어. 보니까 딱 자기 가족들끼리 왔더라고. 다른 사람들이 올까 봐 그러는지 수영을 하면서 왔다 갔다,

수다, 꽃이 되다

왔다 갔다 하는 거야.

(모두 하하하하)

나무 저는 몇 시간 전에 공항에서 내렸는데, 제주도 갔다 왔거든요.

바람결 좋았겠네.

나무 좋데요.

풀잎 매스컴에 보니까 뭐고 그, 제주도에 사건 터져가지고.

나무 예. 만장굴에서 여자가 한 명 죽었다고 하더라고요. 혼자 올레 길을 걷다가 죽었더라고요 그래 막 우리 하루 뒤에 들어온 일행 들이 마침 그 얘기하데요. 경찰이 쫙 깔려서 검문하고 그랬다더 라고요.

풀잎 귀찮고 그랬지요?

나무 근데 저희는 바다에 계속 있어가지고, 일행 중 아는 사람이 집이 있는 거예요 제주도에. 부모님 집인데 잘 고쳐가지고 관리해 주시는 분도 있고. 그 집을 빌려주시는 거예요. 사람들이 막 드나들어야 집도 안 망가지고 좋으니까. 성산일출봉 있잖아요? 그 근처거든요. 그 집 근처에 바다가 있는 거예요. 또 제가 고향이 ○○니까 바다 뭐……. 바다라고 해봤자, 그라고 갔는데 우와…… 진짜 좋은 거예요. 제주도에 가도 늘 돌아다녔지, 한 곳에서 그렇게 오래 머물지는 않았거든요. 완전 전용 바닷가인 거예요. 애들 소리 질러도 눈치 안 봐도 되고, 그래서 너무 좋데요. 아무것도 안 하고 삼일 동안 바다, 집, 바다, 집 그렇게 지냈어요. 맛있는 것도 막 사 먹을래? 그랬는데 그러지도 못하고 밥 해가지고 반찬 가지고 간 것 가지고 먹었어요. 애 12명, 어른 12명, 이렇게 24명이 갔었거든요. 진짜 재미있었어요. 저도 막 어린 시절로 돌아가가지고 물에 들어가서 놀고 그랬거든요.

바람결 엄마들만 갔겠네.

나무 아니요. 엄마 아빠 오기도 하고 시간이 되는 아빠들하고, 직장 때문에 시간이 안 되는 아빠들은 안 되니까 못 가고, 또 엄마가 안 돼서 아빠만 오는 사람들도 있고요. 그런데 그런 아빠들은 대단하데요. 우리 남편은 못했을 거예요. 아무리 그래도.

풀잎 갈 수 있는 아빠들은 사장님들인가 보네.

나무 아니고요.

나무 우리 신랑 같으면 애 혼자 데리고 오는 거는 절대 못 할 낀데

34 　　　　　　　　　　　　　　　　　　　　　　　수다, 꽃이 되다

부럽데.

바람결 그래서 거기만 계속 있었네.

나무 네. 우리 중에 역사 이런 거 아는 아빠가 한 명 있는데 그 아빠 랑 잠깐 한 바퀴 돌고 그랬어요. 그런데 우리가 면세점을 간 거 예요. 중문 내국인 면세점 있잖아요. 거기 간 거예요. 막 덥고 그 래서, 그러면 우리 아이스크림도 사 먹고 거기 가보자 해서 거 기를 갔거든요. 마침 세일을 하는 거예요. 그래서 나는 친정엄마 생일인데 엄마가 맨날 사달라고 하는 가방이 있었거든요. 천으 로 된 건데 무슨 레스포삭인가 하는.

모두 아…… 어…….

나무 세일을 하는데 엄청 싼 거예요. 면세가에서 30% 세일을 해서 그걸 사고 있는데 아빠 두 명이 나한테 오더니, 그 아빠 두 명이 와이프가 안 따라왔어, 그런데 내 보고 와이프한테 선물을 한 개 하고 싶다는 거야. 쌔가 만발에 빠질……. 내가 너무 부러워 가지고.

(모두 하하하하)

나무 내한테 왜 물어볼까, 나는 못 고르는데, 막 그랬거든요. 근데 애들 데리고 나와줘, 선물 사줘. 진짜.

바람결 그러면 나무 씨도 남편 선물 뭐 살 건가 물어보지?

나무 무신…….

풀잎 그래서 골라줬어요?

나무 아니요. 제가 워낙 촌스러워서 그런 거를 못 골라요. 제가 ○ ○ 촌놈이잖아요. 제가 보기엔 이뻐서 샀는데 며칠 지나면 진짜 이상한 거예요. 그 옷이. 제가 그렇다니깐요. 어릴 때 애들 데리고 백화점 가서 막 옷을 산 거예요. 그러면 남편이 저녁에 와서 "이 옷 산 거야?" 하고 계속 물어봐요. 그러면 제가 "오데서 주웠을까 봐. 샀지" 그랬다니깐요. 제가 그 정도로 촌스러워요. 그래서 제가 남을 골라줄 재주가 없다고 하면서 막 물건 잘 고르는 엄마가 있거든요. 그 엄마한테 가보라고 해서 보냈어요. 근데 좀 부럽더라. 남편이 놀러와가지고 선물, 이런 거 고르고. 옛날에는 절대 안 부러웠거든요. 그런데 요즘은 살짝 부러운 것 같아요.

바람결 오늘 저녁에 남편이 오면 잘 이야기를 해봐.

나무 요새 남편이랑 대화도 없어요. 제주도 가기 전부터 말을 안 해서 지금까지 말을 안 하고 있어요.

(모두 하하하하)

나무 내가 제주도 갔다 온 거는 아는지 모르겠어요.

라일락 나도 신랑하고 대화는 굵고 짧게 이야기해요.

(모두 하하하하)

라일락 내가 제주도 갈 일이 있으면 나는 제주도 간다, 갔다 왔다, 요까지. 그래야지 뭐.

나무 나도 그렇게 마음을 먹고 있는데 또 그렇지 않은 남편들을 보니까 막 부럽고 그렇네요.

바람결 안 그래도 나도 엊저녁에 우리 신랑보고 〈신사의 품격〉 보면서 좀 배우라고, 아들한테 아빠 좀 깨워봐라, 저거 보고 부자지간에 좀 배워라, 하니까 아들이 아빠한테 "아빠 일어나세요. 저거 좀 보고 배우래요." 하니까 아빠가 "나는 됐으니까 니만 배워

수다, 꽃이 되다

라" 그리 신랑이 말하더라고. 우리 신랑도 부끄러워서 못 보는 거야.

풀잎 너무 자연스럽제?

바람결 그렇제. 너무 잘하제, 장동건이.

풀잎 그리고 키스를 뽀뽀를 막 하고.

바람결 그래 엊저녁에는 뽀뽀를 몇 번 하는지.

풀잎 그리고 막 어색하고 그런 게 아니라 그냥 자연스럽게 하데. 요즘은 할머니 할아버지들도 그렇게 하데. 이 사람아 하면서, 어색해하는 것이 아니라 너무 자연스럽게 잘하시데.

보리 근데 할머니들이 의외로 좋아하더만.

바람결 다음 주 끝난다. 그 드라마 좀 봐라, 언니야.

오늘이 인제 끝나가는 거 보면 뭐 하노.

풀잎 나는 친구들도 참 부럽더라. 같은 고민을 하고 나누고 그러니까 무슨 일이 생기면 바로 찾아가서 이야기를 할 수도 있고, 정말 너무 부럽더라.

바람결 그리고 나는 어제 그 이혼하려는 부부 있제? 그 부부를 보면서 내가 우리 아들한테 저거 봐라. 여자가 울고 그럴 때 어떻게 해야 되는지 잘 봐라. 그리 이야기를 했다니깐. 여자가 힘들어할 때 남자의 그 위로, 그 한마디면 되는데.

보리 말을 못하더라.

바람결 어.

보리 그래 일주일 동안 일이 많았네. 여행 갔다 온 사람도 있고. 그죠?

모두 그래 그래.

보리 자, 우리 오늘 볼 책은 집에 관한, 이사하는 이야기예요. 그림책 먼저 한 번 보고 이야기를 나누도록 해요.

『만희네 집』을 천천히 읽어줍니다.

바람결 (박수 치면서) 짝짝짝.

보리 젊은 엄마들이랑 그림책 보는데 어떤 엄마가 그래요. 어이구 저 엄마 고생길이 열렸네. 그러네요.

모두 하하하하.

보리 어떠셨어요? 그림책 보고.

바람결 아까 방 보니까 우리 시어머니 방하고 똑같고, 목욕탕 보니까 우리 신혼집하고 똑같고.

보리 오늘은 그런 이야기하면 좋을 것 같아요. 오래전의 집이나 이사 온 집. 또는 이사를 너무 많이 다녔는데 그중에서 제일 기억에 남는 집이라든지. 이런 거 이야기해보면 좋을 것 같아요.

저는 우리 오빠가 어렸을 때 우리 집을 지었다고 했는데, 오빠가 이제 쉰일곱 살 이렇게 됐는데 한 20여 년 전에 우리 집이 허물어졌어요. 장독간에 감나무가 이렇게 내려와 있는 집이었어요. 기와집이었는데 집이 나이가 드니까 허물어지는 거예요. 저는 어릴 때 바깥마당으로 똥 누러 나가야 했어요. 그게 너무 힘드니까 어쨌냐면, 가마솥이 있는 작은방 아궁이가 있는데, 헛간처럼 땔감도 재놓고 리어카도 넣어놓는 장소가 있었어요. 바깥

　　　　　　　　　　　　　수다, 꽃이 되다

마당에 안 넣어놓고. 그런데 저녁에 똥 눌 때 제가 항상 거기다 똥을 누고 아침에 삽으로 떠가지고 거름 간에 갔다 넣고 그랬어요. 그런데 거기 땅 흙이 살구받기 하기가 너무 좋거든요.

바람결 무슨 받기?

보리 살구받기요. 우리는 그거를 '깔래'라고 했어요.

풀잎 공기놀이, 공기놀이.

보리 주로 비 오는 날 깔래받기를 많이 하는데, 비 안 맞는 곳이 별로 없는 거예요. 옛날에는 놀이터가 없으니까 거기서 깔래받기를 하는데 내 똥 누는 자리에서 하는 거예요. 그런데 나는 아니까 내 똥 누는 자리를 피해서 앉아요. 그래서 나는 그 집 생각하면 내가 똥 누는 그 자리와 깔래받기하던 그 자리가 딱 생각이 나는 거예요. 그런데 어느 날 집에 가니까 집이 허물어진 거예요. 조금씩 허물어지니까 오빠가 어느 날은 다 허물어놓은 거예요. 그런데 그 허물어진 거를 빨리 집을 지으면 좋은데, 빨리 안 짓는 거예요. 우리 오빠가 돈이 없었던지, 그냥 그 허물어진 채로 놔두고 집을 안 짓는 거예요.

나는 아~~ 좀 쓸쓸해요. 내가 쭉 살아왔던 집인데, 감나무도 막 없어지고 그러니까. 그 감나무가 잎이 정말 예쁘잖아요. 가을에 물들면 알록달록하고. 단풍 중에 저는 그게 최고라는 생각이 진짜 들던데. 그래서 나는 어릴 때 집 이렇게 생각하면 그 똥 누던 거. 어릴 때는 아버지가 일찍 일어나시잖아요? 그래서 그거를 딱 치워주시고, 나중에 커서도 가끔 안 치우고 있으면 "이제 니다 컸으니까 니가 치워라" 그렇게 소리치고. 그러면 '맞다! 내가

어젯밤에 눈 똥이네' 그런 생각이 막 들더라고요. 이렇게 집 이
야기를 한 바퀴 돌면서 하면 좋을 것 같아요. 어느 언니부터 할
까요?

라일락 큰언니부터 하세요.

오늘이 아까 그거 보니까 뒤꼍이 나오데. 뒤꼍. 우리 옛날 어릴 때 보
면 맨날 뒤꼍에 가서 뭐 가져오니라, 뭐 가져오니라 그랬거든.
그리고 우리도 맨날 밤에 화장실 가려면 무섭잖아. 그래서 엄마
보고 같이 가자고 해서 나는 구석에다 누고 엄마는 앞에 서 있
고. 그래서 볼일 보고 나오면은 나는 못 치워 어리니까 못 치워,
나는 몬 한다. 그래서 아버지가 싹 치워주고 그랬는데. 시집오고
나서 구한 집이 들어가면 부엌, 들어가면 방, 그런 곳에서 연탄
가스 마셔가면서 그리 살다가 한 번 두 번 세 번 이사하고 여기
왔는갑다.

보리 세 번 이사하고 네 번째 여기 온 거예요?

오늘이 응. 그런데 뒤꼍 얘기를 하니까 엄마 생각도 나고 아버지 생
각도 나고. 돌아가신 지 오래됐는데. 우리 엄마는, 보자, 내 중학
교 때 돌아가셨거든.

보리 일찍 돌아가셨나봐요.

오늘이 아니야. 엄마가 그때도 연세가 많으셨거든.

보리 언니가 막내?

오늘이 아니야. 내 밑에 하나 더 있어. 엄마 생각이 나. 엄마가 없으
니까 어떨 때는 막 슬프지. 세월이 흐르면 흐를수록 더 생각나는
거 있어. 더 생각나고 진짜로 4~5년 만에 진짜로 오랜만에 갔다,

수다, 꽃이 되다

친정엄마한테. 묘에 가면 엄마한테 막 가서 묘에다 대고 통곡을 하는 기라. 마을이 떠나갈 만큼 통곡을 하는 기라. 그러니까, 어쩌다 한 번 가니까 그렇게 되는 기라. 시간이 가면 갈수록 더 보고 싶은 기라. 엄마가 더 보고 싶고…….

보리 아.

오늘이 진짜 죽었을까? 없어졌을까? 그런 생각이 들고. 철 들면서 막 파보고 싶은 생각이 들 때가 있어. 어떤 때는 정말 가서 파볼까? 파보면 그대로 있을까? 그런 생각이 든다니까. 친정엄마는 진짜로 시간이 가면 갈수록 보고 싶다니까. 애처롭고 막 그래.

바람결 모두 엄마 계시나? 우리 둘이만 없나?

오늘이 맞제? 엄마 보고 싶제? 시간이 갈수록 더 보고 싶제?

바람결 문득문득 보고 싶고.

오늘이 그래, 그래, 그래. 그러니까 어쩔 때는 무덤을 파고 싶다니까. 정말 그렇다니까. 육십이 다 돼가지고 엄마무덤에 엎어져서 엉엉 울어봐라. 정말로 끝도 없다니깐. 너무 멀어서, 내가 자주 못 가서 그런다니깐. 자주 못 가서. 아이구 그래서 갔다 오면 아쉽고, 멀어서 또 못 가고. 엄마는 원래 그런가 봐. 시간이 흐르면 흐를수록 보고 싶고 참.

바람결 우리 좀 울고 할래?

엄마한테 잘해야 돼

오늘이 그러니까 엄마한테 잘해라, 진짜 잘해라. 몰라. 후회도 되고.

진짜 그런 거 후회된데이. 우리 집에서 3개월 있을 때 정말로 잘해줘야 되는데, 오빠 먼저 보내고, 또 언니 먼저 보내고 나니까, 내가 막 빨리 가라고 했거든. 왜, 자식 몫까지 산다고 하잖아. 오래 사시다가, 잘 계시다가 가면 되는데, 저러다가 치매나 걸리면 어쩔까 싶어가지고. 어이구 엄마 좀 빨리 돌아가시라고 그러니까 엄마가 "아이구 나도 빨리 가고 싶다. 나는 이제 밥숟갈 떠 넣는 것도 귀찮다. 만사가 귀찮다." 그러는 거야. 그러니까 내가 빨리 돌아가시라고, 오빠 명까지 산다는데, 언니 명까지 산다는데 어쩔거냐고. 내가 맨날 그런 소리 했거든. 딸이니까 그런 소리 하지, 며느리면 그런 소리 못 한다. 그런데 그런 소리를 내가 진짜로 잘했다.

그래도 그 소리 한 거 후회는 안 한다. 후회는 안 하는데, 잘해줬으면…… 하는 그런 후회는 많이 하지. 같이 있을 때 어디어디 좀 데리고 다니고 그럴 걸. 그런 후회는 되지만 빨리 돌아가시라고 했던 후회는 안 돼. 연세도 많았제. 잡숫는 것도 잘 잡숫제. 아들 보냈제. 딸 보냈제. 그래서 그랬지. 그런데 지금 우리 시어머님은 '백오십 살 살 수 있는 주사'가 있으면 맞는단다. 그러니까 내가 팔짝 뛰고 환장을 하는 기라.

보리 백오십 살 먹는 주사……

모두 (웃음)

오늘이 지금 아흔한 살인데.

바람결 아이구.

오늘이 내가 딱 미친단니까 진짜. 그렇게 듣기 싫대. 죽어야 된다는

수다, 꽃이 되다

기. 그렇게 듣기 싫대, 듣기도 싫고 그러면 자식 말을 잘 들어야 하는데, 자식 말도 안 듣고 일 년에 머리 두 번밖에 안 깎고.

바람결 그리 이번에도 못 잘랐어요?

오늘이 이번에도 내가 가가지고 짤랐다 아니가. 저번에도 내가 끌고 가서 깎고 그랬는데, 이번에도 안 갈 끼라고 또 그라는 기라. 손자 말은 잘 듣더만, 인제는 막내 손자 말도 안 듣는 기라. 머리는 또 하얀 머리라 묶도 안 하제, 쪽도 안 찌제. 아이구, 마. 어찌나 열을 받는지 죽겠는 기라. 도대체 왜 이렇게 사느냐고, 돌아가시라고 해도 안 돌아가시고 도대체 왜 그러시냐고 내가 막 그랬다. 아버님은 먼저 가셔가지고 도대체 왜 어머님을 아직도 안 모셔 가고. 빨리빨리 모셔 가지, 안 모셔 간다고 내가 막 그런다니깐.

바람결 아버님은 좋은 집 짓는다고 안 데려가시는갑다.

오늘이 우리 아버님도 넌더리가 나서서 안 데려가신다니깐. 얼마나 젊었을 때 못되게 했다고, 우리 아버님한테 자기 영감한테 그래서 아버님이 진저리가 나서 안 데려간다. 그런데 우리 시어머니는 뭐라고 하는지 아나. 저승장부에 자기 이름이 빠져서 안 데려간단다. 장부에 빠졌대. 꼭 그런다, 그래.

바람결 우짜노? 빠졌다고 옥황상제님한테 말씀 드려야 되겠네.

오늘이 그래 내가 우리 친정엄마는 돌아가셔라 돌아가셔라 막 그랬는데. 내가 구박은 아니더라도, 오빠 보내고 언니 보내고 어떡해 엄마. 내가 막 그러고 그러면 엄마가 그러게 말이다, 그 명까지 내가 살면 안 되는데, 내가 그러면 안 되는데. 내가 내 입에 들어가는 밥숟가락도 귀찮다. 그러면 내가, 그러니까 빨리 가라고. 막 빨리 가라고. 그거는 후회 안 돼. 근데 치매라고 해야 하나, 약간 뭐라고 해야 하나. 금방 알아봤다가 누구요? 그래 사위한테 누구요? 그래. 그래서 좀 이상하구나, 했지. 한두 달 그러고 돌아가셨어. 그래도 내 부모니까 시어머니 같으면 그런 생각 안 들 낀데, 그래도 내 부모니까.

그런데 더 슬프기는 엄마 보냈을 때보다 언니 보냈을 때가 더 괴롭고 그런 기라. 엄마는 또 그 연세에, 갈 연세에 갔으니까. 그런데 언니는 또 갈 나이도 아닌데 갔으니까. 그때는 내가 서울에서 여까지 울고 내려왔다니까. 그렇게 언니를 묻고. 그런데 엄마는 언니 갖다 묻어놓고 언니 명까지 살면 우짤 낀고 싶고 우리 엄마 빨리 좀 데려가라고 내가 참 많이 그랬다. 다른 딸들은 안 그런데 나만 그랬다. 우리 언니가 있는데도 우리 언니는 그런 소리 안 해. 언니는 엄마한테 가면 살림해주고 그래. 그런데 나는 가기만 하면 그 소리를 하는 거야. 빨리 돌아가시라고. 구박 아닌 구박을 한 거지. 그래도 좀 오래 사셨어. 그러다 가셨는데, 그래도 보면 한 번씩 진짜로 보고 싶을 때 있다. 진짜 막 보고 싶고 그럴 때는 무덤 가서 한참을 울고 그러면 좀 나을 낀데. 멀리 있으니까 한 번은 진짜로 파고 싶은 마음이 생기더라니깐.

보리 언제 제일 보고 싶어요?

오늘이 그냥.

보리 가만히 있다가도?

수다, 꽃이 되다

오늘이 그냥 신랑하고 싸우고 있을 때 보고 싶고 그런 거는 한 개도 없어. 그냥 엄마가 있었으면, 그렇게 슬플 때가 있어.

보리 나도 그래요.

오늘이 자식이 속을 썩이고 신랑이 속 썩여서 생각이 나는 게 아니고 그럴 때는 안 나는데, 그냥 무단히 나 그냥. 그 엄마라는 두 글자가 사람을 그렇게 뭉클하게 하고, 그게 그렇게 슬퍼. 그러니까 한 번 파보고 싶어. 이제 7~8년 됐는데 파보면 다 썩었겠지. 엄마…… 엄마만 생각이 나고 그렇다. 그러다, 그러다가 세월이 벌써 그렇게 됐네.

바람결 엄마 찾아 삼만 리 같다.

보리 꿈에라도 나타나요?

오늘이 나는 잘 나타난다. 오늘처럼 이런저런 이야기하잖아. 그러면 저녁에 우리 엄마 나타나겠네. 그러면 절대로 안 나타나고, 그냥 그렇게 지나가잖아? 그러면 꼭 나타나.

보리 말도 해요?

오늘이 말도 하고 옷도 곱게 입고 나타나고 가끔 한복도 곱게 입고 나타나고 그래. 어떤 때는 그렇고 또 어떤 때는 이야기를 해. 언니도 한 번씩 나타나고 그러거든.

풀잎 나는 친정이든 시어머니든 결혼하고 돌아가셨는데, 나한테는 한 번도 안 나타나시는 거야. 내가 이상한 건지 철학하는 사람이, 그러니까 그 점 보는 사람이, 박 보살이라는 사람이 하나 이야기를 하는데, 나타나는 게 안 좋은 거래. 그러니까 엄마한테, 원한이 아니라 뭐라고 해야 되나, 마음에 남는다거나 찝찝하거나 그런 게 있어야지 나타나는 거래. 우리 큰언니가 그렇게 꼭 나타난다 하거든. 우리 언니처럼 막 엄마가 맏딸이니까 할 수 있지. 우리처럼 막내면 엄마가 애처로워서 그냥 무작정 예뻐하고 그러는데, 맏딸들은 다르잖아. 그런데 아버지도 일찍 돌아가시고 그랬는데, 이상하게 엄마는 꿈에 그렇게 많이 나타난대. 그래서 뭐 이쁜 옷을 사다가 생일 달에 가서 태우고 그랬다더라고. 그러니까 자기가 부모한테 쪼끔 소홀했다거나 말 그대로 해드리야 될 것도 못 해드리고 마음속으로 못 해드리고 그러면 나타나는지. 친정엄마도 그리 언니한테 나타난다. 근데 이제 나타나면 해몽을 한대. 만약에 오늘 꿈에 나타나면 내일 딸이 사고 날 거를 막아준다든지, 그렇게 해몽을 한대.

보리 언니는. 언니도 나타난다면서요?

오늘이 응 나타나. 그렇게 나타나. 나타나면 왜 그렇게 일찍 갔느냐고 울면서 그래. 막 그러고 그래. 그냥 가만히 있으면 낮에 언니하고 엄마 생각이 나. 그러면 내가 속으로 오늘 저녁에 또 엄마랑 언니랑 온데이. 이러면 또 안 와. 그런데 아무 생각 없이 말하고 나서 잊어버렸다 아이가. 그러면 또 나타나. 엊그제도 할머니 또 봤다. 그러니까 우리 아들이 엄마 그거 안 좋은 거래요. 그래서 내가 그런 거 안 믿는다 안 믿어, 그렇게 말했다.

보리 언니는 절에도 안 다녀요?

오늘이 어. 나는 그런 거 아무것도 안 믿으니까. 저녁에 꿈에 오면 오는갑다, 안 오면 안 오는갑다, 이러지. 거기에 막 신경 안 써. 엄마가 저녁에 나타나면, 아… 내가 낮에 엄마 생각을 했더니 또

수다, 꽃이 되다

나타났구나! 그리고 끝나지. 돌아서면 끝나지. 큰오빠도 나타나
고 그러는데 막 뒤끝이 있고 그러지는 않아. 깨끗해. 언니도 엄
마도. 그래 엄마한테 잘해라이. 잘해라.

모두 네. 알겠습니다. 네.

우리 시골 마을은

보리 언니. 이 책 보면서 뭐 어떤 생각, 그냥 생각하신 대로 말씀하
시면 돼요.

바람결 우리 시골마을은 한 50가구 살던 동네야. 산을 이리 뺑 돌아
가면 있었는데, 항상 우리 집은 마을 사람들의 마지막 종점이야.

제일 끝이야. 바깥에서 놀다가 집으로 돌아갈 때면 우리 집이 제일 멀어. 그래서 친구들이 데려다 주고 가고 막 그랬었어. 그리고 어른들은 뭐냐 하면, 농사일을 할 때 괭이, 호미, 낫 이런 것들 중 없는 거를 우리 집에 빌리러 와. 논밭에 가서 일하다가 뭐 없으면 전부다 우리 집에 와서 빌리고 그랬어. 나는 어릴 때 어린 마음에, 왜 혼자 있고 싶고 이럴 때 있잖아. 근데 우리 집은 항상 복작거리고.

그리고 어느 날은 우리 집에 새벽부터 줄을 서더라고. 우리 아버지가 보증을 선 거야. 그러니까 사람들이 빚 갚으라고 우리 집에 줄을 선 거지. 그러면 우리 큰오빠가 아버지 또 보증 섰냐고 물어도, 아버지는 뒷방에 누워서 아무 말씀을 안 하셔. 그리고 아버지는 약주 한 잔 하시면 노래를 부르시는데, 무슨 노랜지는 아무도 몰라. 뭐 '백호야 날 살려라' 그런 노래를 불러. 지금도 우리 큰오빠는 그게 노래 제목인지, 첫 소절 가사인지 아직도 궁금하고. 그러던 어느 날 우리 큰오빠가, 아버지 보증 선 장부를 딱 주세요. 그리고 이제는 보증 좀 서지 마세요. 그렇게 딱 말하고는 우리 오빠가 시작한 게 뭐냐면 담배농사를 시작한 거야. 그래서 그걸로 오빠가 빚 다 갚고 그랬어.

그래 어느 날, 내가 그때는 좀 커서 부산의 광안리를 왔는데, 우리 언니하고 세 명 자취를 했거든. 그런데 옛날에 자취하는 집에는 친구들이 놀러를 많이 오잖아 왜. 그러던 어느 날 문을 닫아놓고 친구들하고 찌짐을 구워 먹는데, 어린 마음에는 거기서 찌짐을 구워 먹으면 주인아줌마가 뭐라 할까 봐 문을 닫아놨던

수다, 꽃이 되다

거야. 그런데 그 찌짐 굽는 냄새가 나가서 주인아주머니께서 "안 뭐라고 할게, 문 열고 구워 먹으라" 그렇게 하셨어. 그래 그 집에서도 연탄가스를 먹어가지고 비가 추적추적 오는 날, 주인아줌마가 우리 언니하고 세 명을 끌어다가 나란히 눕혀놓고, 그 집 오빠는 물을 퍼잭이고, 그 아줌마는 동치미 국물을 먹이고, 이렇게 해서 깨어나고.

보리 죽을 뻔했네.

바람결 어……. 그러고 그렇게 뿔뿔이 흩어졌다. 살다가, 직장을 다니다가 와보니 내 집이, 우리 집이 싹 다 무너진 거야. 내 책상이 이 집에 가 있고, 또 뭐는 저 집에 가 있고. 어릴 때 집은 방이 여러 개 없으니까 내 방이 없는 거야. 그래서 내 어릴 때 소원이 내 방 하나 가지는 거였어. 그런데 그게 안 되잖아. 그래서 자취할 때 우리 언니가 방 안에다 책상을 하나 딱 놓고 이거는 '옥이 책상'이라고 아무도 만지지 말라고 딱 공간을 주더라고. 그때 내 성격이 얼마나 더러웠냐하면, 내 책상에 이렇게 저렇게 해놨는데, 누가 딱 하나만 만져도 나는 또 그걸 왜 아니?

자취생활을 언니하고 한 3년 했나? 그리고 직장을 구하고 기숙사 생활을 했지. 기숙사 생활을 하면서 우리 신랑을 만났어. 전포동에 신접살림을 차렸는데, 결혼 준비를 해야 되는데, 내가 결혼 준비를 하는 과정이 어떻게 됐냐 하면은, 우리 병원에 원장님 사모님 동료들이 "옥이 니는 부모 없는 고아다" 그랬거든. 왜 그런 말을 했냐 하면은, 나는 6남매의 막내로 자랐지만은 정말 나는 모든 걸 내 혼자 다했어. 우리 엄마가 돌아가시면서 마지막 나한테 한 말이 "우리 막내는, 엄마 나 못 살겠다, 엄마 나 이거 해줘, 이거 가지고 싶어, 그런 말 한 번 못 들어보고 마지막 눈을 감는다"고 하셨어. 나는 내가 언니, 오빠, 부모에게 짐이 될까 봐서. 어릴 때 부모님이 나이가 많으시니까. 책임감이라고 해야 되나? 내가 그런 게 있었어. 이런 말을 하니까 또 마음이 찡하네.

보리 진짜…….

바람결 방을 못 구하고 할 때 우리 아버님이. 아, 아니 말이 옆으로 갔다. 결혼을 해야 되는데, 방도 구해야 되고 냉장고도 사야 되고, 뭐도 해야 되고. 정신이 없잖아. 그래서 우리 병원 원장님이 "니는 부모 형제도 없는 고아니까 우리가 도와주겠다." 예를 들면 7시에 마쳐야 되면 5시 되면 마쳐줘. 그러면 진시장 가서 상한 개 사놓고, 내일 되면 또 뭐 한 개 사놓고.

근데 방을 구해야 되는데 방 구할 시간이 없는 기야. 그래 우리 아버님이 "야야. 좀 안정이 될 때까지 우리 집 가까이에서 살면 안 되겠나?" 하시더라고. 나는 그때 천지도 모르고 시댁 옆에 살면 좋은지 안 좋은지도 몰라. 내가 이것저것 모르니까, 그래서 시댁 근처에다가 방을 얻어주시더라고. 그런데 그 집이 주인집하고 통로라. 부엌이. 근데 거기서 밥은 안 해 먹었어. 설거지 정도나 했을까. 저녁에 퇴근해서 시댁에 가서 밥 먹고 간식은 쟁반에 들고 와서 먹고. 아침에는 빈 쟁반 딱 들고 가고 그랬어. 그랬는데 그 집에서도 연탄가스를 한 번 먹었어. 그래서 응급실에 실려 가서 산소호흡기도 쓰고, 고막도 터져보고. 그런 집에도 살아

50   수다, 꽃이 되다

봤고.

그 집에서 6개월 살았는데 주인집에서 아들이 살아야 하는 사정이 생겼어. 그러면 우리가 나와야지 그때 남편이랑 같이 직장 다니면서 적금을 들었어. 서면인데, 지금 생각해보면 도시개발공사 맞은편에 개성중학교. 내가 거기 집을 구하러 갔는데 집이 엄청시리 올라가더라고. 거기 방 한 칸짜리가 있더라고. 그때 600만 원 전세 할 땐데, 우리가 600만 원 전세가 없어 적금을 깨야 돼. 그런데 적금이 좀 있으면 만기라서 안 돼. 빌려야 되는데, 우리 신랑 같은 경우에는 능력이 안 됐지.

용감한 새댁

그래서 새댁이, 용감하게도 내가 어디다 전화를 했느냐 하면, 내가 우리 아주버님한테 전화를 한 거야. 제가 이러쿵저러쿵해서 전세를 얻어야 하는데 돈이 없으니 돈을 좀 빌려달라, 내가 적금 타면 돌려주겠다, 이렇게 전화를 한 거야. 그런데 아주버님이 냉정하게 말하더라고. 동생하고 의논을 해보고, 하다 하다 안 되면은 내가 돈을 해주겠다, 이렇게 말하는 거야. 그래서 내가 무슨 말을 해야 할지 몰라서 전화기만 하염없이 들고 있었어. 그런데 옛날에는 병원이고 어디고 다 전화기 회선 하나로 받고 걸고 하니까 내가 통화하는 거를 우연찮게 우리 원장님이 들었어. 그걸 듣고 우리 원장님이 내를 부르더라고. "김양아 돈이 얼마나 모자라노" 하더라고. 얼마 모자라기는. 돈이 땡전 한 푼도 없는데. 참 소견머리 없이. 적금을 깨면 되는데. 그때는 그걸 깨면 안 되는 줄 알고. 그래서 이리저리 하다 했더니, 그래 그럼 내가 돈을 줄 테니까, 이자 같은 거는 필요 없으니까 니가 돈을 언제 갚을 긴지 쓰라는 거야. 내가 쓸 줄을 아나. "원장님 부르세요, 제가 받아 쓸게요." 그렇게 했지. 그래서 약속한 6개월 뒤에 그 돈은 딱 갚고. 그래서 그 집에 살다가 그 옆에 집으로 이사를 가게 됐어.

왜 그랬냐면 내가 살던 집주인이 업자라 부동산 하는 업잔데, 새집을 이렇게 팔고 팔고 하는 거야. 그 할아버지가 나한테 "새댁아 내가 집을 지을라고 그러는데 니가 나한테 돈을 좀 빌려주면 내가 집을 짓겠는데." 그러더라고. 그런데 내가 참 그때 간도 크제. 돈을 융통해서 2500만 원을 빌려줬다니까. 그러니까 그 할배가 집을 딱 짓더라고. 그래서 그 새집에서 살았다.

그래서 열심히 살았는데 어느 날, 그 집이 경매로 넘어간다는 거야. 그래서 이렇게 밖에 앉아서 커피를 마시고 있으니까 그 할아버지가, 이만저만해서 경매로 넘어가니까 빨리 이사를 가라고 하더라고. 마침 남자 두 명이, 딱 이렇게 3500만 원 현금을 들고 와가지고 "지금 이사 갈랍니까?" 하고 물어보더라고. 우리 신랑한테 물어보니까 가제. 그래서 우리 어머님, 아버님은 가스레인지하고 우리 전세금을 들고, 나는 빤스하고 브라자만 딱 들고 오고 나머지는 그대로 다 두고. 그때 당시는 포장이사가 없었잖아, 우리 옆에 아줌마들은 박스 구하러 가고 그랬다는데, 우리는 먼저 가고 밤에 우리 신랑이 왔지.

수다, 꽃이 되다

여기가 바로 그 집인데, 이 집에 오니까 참 눈물나더만은. 우리 아무것도 못 갖고 왔거든. 가구고 뭐고 그때 당시 그 집에 3800만 원이 걸려 있었는데 3500만 원이라도 주니까 가구도 하나 없이 그냥 온 거야. 그렇게 살다 보니까 이 집은 문제없는 집이더라고. 그래서 하루하루 가구를 사다 넣고, 그렇게 하다 보니 친구들도 놀러를 오고. 그렇게 이리저리 만들어진 집인데. 나는 그러니까 이사를 한 번, 두 번, 세 번 했네. 아니, 네 번째네. 네 번째 이사했는데, 다른 거는 다 괜찮았는데, 그 경매 때문에 놀래 가지고.

그런데 나중에 그 할아버지가 "새댁아, 내가 니를 딸처럼 며느리처럼 생각을 했는데……." 내가 그 어른들한테 참 잘했거든. 진짜로 내가 방구만 뽕 끼면 입 안의 혀처럼 굴고 그랬는데, 그렇게 "내가 니를 보내고 나니까 참 마음이 아프더라" 그러면서 어느 날 전화가 왔더라고. 그 뒤에 그 어른이 돌아가셨는데, 나도 그러고 나니까 참 내 마음이 안됐더라고. 생각을 가만히 해보니까, 내가 그렇게 급하게 이사를 가야 되는 상황이었나? 그런 생각도 들고. 내가 지금도 그 동네에 모임을 하는데, 한 달에 한 번 정도 가야 되는 상황인데 잘 못 가지만은.

할아버지는 돌아가시고 할머니는 한 번씩 봐. 그런데 보면 미안테. 그때 내가 그렇게 이사 온 게 죄인 것 같고, 그렇네. 그런데 여기 와서는 그냥 내 보금자리처럼. 근데 여기 이사 와서 우리 어머님이 하신 말씀이 서면에는 공기가 안 좋았던 모양이라, 그자? 이사 온 뒤로부터 내내 병원 다니던 아가 그만 병원을 안 다니는 기라. 그래, 그러게. 내 이야기는 요기까지.

보리 다음 풀잎 언니.

세 번 보고 결정하라 쿠더라

풀잎 나는 어디서부터 이야기를 해야 될지 모르겠다. 너무 어렵고 막. 그러면 그냥 신혼부터 이야기를 해야 되겠다. 우리는 중매를 했어. 우리 사촌동생하고 우리 신랑 사촌동생하고 한 회사를 다니는데, 서로 나는 사촌언니가 있다, 나는 오빠가 있다, 이렇게 하다가 중매를 했어 구포시장 옛날에는 31번 종점 옆에 커피숍이 있었어. 지금은 부산은행 그 옆 지하에 커피숍이 있어. 거기서 처음 만났어. 그때 나는 생머리를 하고 있었는데 우리 신랑은 지금 보면 그때 그것에 반한 거야. 그리고 같이 나온 사촌동생은 언니 하면서 나를 진짜로 좋아하는 거야. 그래서 뭐 우리 부모도 나이가 많고, 저거 부모도 나이가 많고, 그래서 그냥 남편은 누나가 책임지고 결혼을 맡고, 나는 우리 언니가 책임을 맡고. 마침 그 집 누나하고 우리 언니하고 나이가 같은 거야. 그러니까 이야기가 잘되고, 무난하게 선을 보고, 9개월 만에 (결혼했지.) 나는 연애는 많이 못 했는데 선은 많이 봤어.

라일락 나는 세 번 보고 결정하라 쿠더라. 어떻게 결정하는데?

풀잎 그래 (옛날에는) 선을 보니까 우리는 데이트를 많이 못 했어요. 나는 동래 쪽에 살고 남편은 북구 쪽에 살다 보니까. 나는 그리고 너무 무서워가지고 남자가 무조건 와야 되는 기야. 남자 쪽

수다, 꽃이 되다

에서 동래로 오면은 또 집에서 꼭 조카를 딸려 보내는 거야. 그래서 그렇게 하다가 날짜를 잡으니까 실감이 나지. 나는 네 사람이다. 아~ 좋다. 이게 안 되더라고.

보리 그러면 뽀뽀도 못 해보고 결혼했네.

풀잎 그럼.

라일락 뽀뽀가 어디 있노. 나는 결혼식장 들어가는데 내가 안 들어가는 줄 알았다.

풀잎 뽀뽀도 못 해보고. 둘이 인자 결혼날짜를 잡고 예단 보러 다니는데도 어색해서 선을 보니 그렇데 되더라니까. 그래서 막 고르라는데 내가 "그냥 보세요." 그랬다니깐. 얼마나 어색하고 이상한지. 그래 날짜를 딱 잡고 우리 집에 왔는데, 내가 방을 닦을려고 하는데 확 덮치고 싶었다는 거야. 그런데 내가 덮치면 이 사람은 결혼을 안 할 사람이다 생각해서 참았다는 거야. 막 과일을 깎고 그러는데, 팔이 보이는데 손이라도 잡고 그러고 싶은데, 그랬으면 이 아가씨는 결혼 안 하고 딱 도망갈 아가씨다 그렇게 생각이 들더라네.

내가 이 사람하고 만날 때마다 생각해보니까 부모님이든 조카든 언니든 같이 만났지 둘이는 안 만나본 거야. 그래, 우리 시누는 사직동 살고 우리는 덕계 사니까 꼭 중간에서 만나는 거야. 촌에만 살다가 여기 구포에 나오니까 진짜 사람도 많이 있잖아요. 우리 언니도 구포에 처음 나왔을 때는 사람이 너무 많아서 구경을 못 했다는 거야. 동래구는 그렇게 안 했다니깐. 그래, 결혼해서 시누이 집을 찾아가는데 어디가 어딘지 모르겠더라니까. 그렇게 광범위한데, 구포시장이라는 데가. 그래 결혼을 했는데, 집을 구해야 되는데 구포시장 위에 그 동네에서 신혼을 시작했어요. 날짜를 잡고 방을 구하러 다니는데, 사람들이 둘이 너무 다정해 보인다는 거야. 그때는 그렇게 또 친하게 보였대. 집주인들이 하는 말이, 둘이가 너무 자연스러웠대.

바람결 결혼하기 전에는 절대 안 그랬는데, 그자?

풀잎 그래. 내가 첫날밤 이야기 안 해주더나? 내가 첫날밤에 욕실에서 딱 씻고 나왔는데, 침대가 보이는데 내가 부끄러워서 욕실에서 못 나왔다고 안 하더나. 아무튼 그래서 집을 구하는데, 우리는 누구 도움을 안 받고, 나는 내가 벌어서 하고 우리 신랑은 또 자기가 번 돈으로 같이 집을 구하는데, 우리는 주인하고 대문을 같이 사는 게 불편해서, 그때로 말하면 전세가 400만 원이면 600만 원 줄 테니까 수리를 좀 해달라고 대문도 좀 따로 달아달라고 그렇게 했어. 그렇게 해서 한 칸짜리 집을 구했는데, 우리 언니가 집 사고 이런 데 좀 노련하다 보니까 나한테 그러는 거야. 사람은 움직여야 돈을 모은다. 한 칸 다음에는 두 칸 이렇게 해야 돈을 모은다 그러는 거야.

보리 언니 코치를 받았네.

풀잎 어. 그래가지고 한 번, 두 번, 네 번 만에 이 집에 딱 이사를 오게 된 거야. 우리는 그냥 말 그대로 굴곡이 없이 편안하게, 그래서 나는 사람들이 이리저리 살아온 이야기를 하면 할 말이 없다. 나는 또 시누가 옆에 있어서 도움 받고 그렇게 평탄하게 살아오다가 지금도 잘살고 있습니다.

수다, 꽃이 되다

모두 네.

풀잎 그래 살아보니까 이 중매라는 것이, 처음에는 막 좋고 이런 것
도 없고, 그냥 좋은지 싫은지도 모르겠고, 그랬는데 살면서 새록
새록 정이 드는 것 같아. 그러니까 좋은 거야. 사람 자체가 성실
하고 착하고 그러니까.

오늘이 나도 지금 애 아빠 만나러 갈 때마다 진짜 싫어서 하나씩 끌
고 갔다니깐. 나는 선보면서도 결혼 생각도 안 하고. 오로지 얻
어먹고, 또 만나자고 하면 나가서 또 얻어먹고 그랬다니깐. 그러
니까 선본 사람이, 자기 혼자 나오면 되지 왜 맨날 사람들을 돌
아가면서 데리고 나오느냐고 막 그랬다니깐.

풀잎 그래 우리 애 아빠가 지금 그런다. 내가 뭘 어떻게 한다고 맨
날 어린 조카랑 같이 나오고, 또 직장 마치고 만나면 7시나 8시

다 되어가는데 9시까지 들어가야 된다고 하제 참. 그래서 데이트다운 데이트를 한 번도 못 해봤다니깐. 그런데 어느 날은 집에서 사람이 병이 있나 없나 건강검진표를 받아야겠다는 거야. 그래서 한날은 큰마음 먹고 만나서 "우리 집에서 건강검진표 받아오라는데요." 그렇게 했더니 우리 신랑이 아, 멋지다면서, 당연히 그런 거는 봐야 한다면서 그러더라니깐. 그러니까 우리는 더 믿는 거지. 또 그리고 우리 형부하고 엄마는 시댁 동네에 가서 염탐을 해봐야 한다는 거야.

바람결 옛날에는 다 그런 거 있었다 아이가.

풀잎 그러니까 또 그걸 알게 된 우리 신랑은 알아보시라고. 그런 것도 다 알아보셔야 된다고 그러더라니깐. 그러니까 우리 집에서는 그렇게까지 말하는데 나쁜 사람이 어디 있겠냐 싶어서 더 믿는 거야. 그렇게 해서 결혼해서 잘살고 있습니다요.

보리 네. 다음은 라일락 언니.

선보러 간 날

라일락 그냥 뭐, 중매를 하다 보니까 아무것도 몰라. 아까도 말했지만, 면사포 쓰고 가는데 내가 가는지 누가 가는지 몰라. 그리고 언니가 있는데 언니가 진짜 무서웠거든요. 언니가 얼마나 무서운지 부모보다 더 무서운 거예요. 얼마나 무서운지 저것만 없으면 내가 좀 살 건데. 내가 나도 모르게 억눌린 뭐가 있었던 모양이에요. 그렇게 나를 막 관리하고 사람을 힘들게 하니까. 그래 우리 아저씨는 여섯 살 차이 나거든요. 그때 신랑 나이가 서른두 살이야. 그래 시집간 우리 언니는 또 전화가 와가지고 여섯 살 차이 나는 사람하고 명희가 만나는데, 우짜고 저짜고 그래서, 나는 조건을 보니까 어차피 사람 보고 하는 거 아니니까 조건을 봐야 되잖아. 집은 하나 해놨더라고.

모두 와.

라일락 그래서 뭐 그거는 됐고, 일단은 보자. 나이 차이가 많이 나니까 내 맘대로 하고 살 것 같고. 그렇게 고생할 것 같지는 않은데. 아무튼 그래서 선을 봤어. 그래서 옛날에는 선보러 엄마하고 같이 가잖아요. 엄마가 딱 보시더만, "됐다. 니 고생 안 시키겠다." 빨리 하라는 거예요. 그런데 도대체 모르겠는 거야. 뭐가 괜찮다는 건지, 뭐가 좋은지를 모르겠는 거야. 그래 한 번 봐가 모르니까 엄마가 만나보래. 세 번을 딱 만났거든요. 자기는 앞장서 가고, 나는 뒤따라가고, 뭐 손을 잡을 생각을 하나. 그래서 내가 성질이 나서, 내가 딱 잡아버렸다 아니가.

모두 진짜 멋지다. 잘했다. 하하.

라일락 내가 약간 성격이 그런 게 있는 것 같더라고. 남자성격이. 그래 데이트를 하고 한 번 두 번 세 번 만나고 그러면 남자가 손이라도 잡고 그래야 되는 거 아니가. 얼마나 답답했으면 내가 먼저 손을 다 잡고 그랬겠노. 그래 한 번 두 번 만나고 그러니까, 집에서 결정을 하래. 자꾸 만나지만 말고. 그런데, 결정이 안 되는데, 만나보니까 나쁜 사람이 아닌 것 같고.

　옛날에는 스물여섯 이래 되면은 결혼 안 하면 큰일 나는 걸로 알잖아. 그래 엄마가 아버지도 돌아가셨제 하니까 빨리빨리 보내는 것이 엄마 할 일을 다했다고 생각하시는 기라. 그래서 급한 기라. 그래서 내가 결혼을 한다 했다가, 안 한다 했다가, 일단 했어. 나도 모르게. 그런데 그 결정적인 이유가 어른을 한 번 보고 싶다고 했어요. 우리 아저씨는, 부모님은 시골에서 농사짓고 계시고 자기는 형님 집에 있었거든요. 그런데 내가 결정하기 전에 이 사람이 어디서 살았는지 그리고 부모를 한 번 봐야 되겠는 거야. 그래서 봤는데, 시아버지가 너무 마음에 드는 거야. 너무 좋은 거야. 지금도 시아버지는 너무 좋아 진짜. 시아버지가 너무나 마음에 드는 거야.

보리 그래 시골로 갔어요?

라일락 예. 시골로 갔어요. 보러 갔어요. 시아버지가 너무 마음에 드니까, 이 사람은 잘 모르겠지만 크게 나쁜 것 같지는 않고, 집에서 하도 나이 찼다고 난리를 치니까 한 번 가보자. 이렇게 된 거야.

보리 아니, 그런데 시아버지가 어떻게 하셨길래 마음에 들었어요?

라일락 어떻게 한 것도 없는데 그냥 너무 마음에 드는 거야. 시아버지가 그냥 그냥 좋더라고. 그래서 지금도 그래요. 아저씨보고, 나는 진짜 자기보다도 아버지가 너무 마음에 들어서 결혼했다고 그렇게 말했어요.

오늘이 그래, 인제 신랑분도 마음에 들고?

모두 하하하하.

오늘이 시아버지는 마음에 들었는데 살아보니 신랑도 마음에 들고?

수다, 꽃이 되다

라일락 살다 보니까, 살다 보니까 괜찮더라고.

오늘이 얼마나 좋은 일이고.

나무 냄새가 좋아

라일락 그래서 나는 집에 대한 특별한 추억이나 이런 게 없는데, 시골에 갔을 때 가마솥에 불 때는 거 있잖아요. 근데 그 나무 때는 냄새가 언니야, 너무 좋더라고.

보리 언니는 시골에서는 안 자랐네?

라일락 네. 도시에서 컸거든요. 그래서 결혼하고 시골에 한 번씩 가면은 아궁이에 나무로 불을 때가지고 솥에 이것저것을 하잖아요. 근데 그 나무 냄새가 너무 너무 좋은 거야. 근데 어느 날 부엌 수리를 한다고 현대식으로 바꾼다는 기야. 그래서 시어머님한테 천지도 모르고 "어머님, 이 불 때는 거 너무 좋은데 이걸 왜 바꿀라고 해요?" 그러니까 시어머니가 "아이구 야야. 이거 불 때가지고 이리 하는 게 얼매나 힘든 줄 아나." 그러더라고. 내가 그니까 천지를 모르고 그냥 불 때는 그 냄새가 좋아가지고 그랬다니깐.

오늘이 지금도 그 시골에 계시네.

라일락 아니요, 지금은 나이가 많아서 우리 형님댁. 그래서 나는 도시에서 집에 대한 느낌, 추억 이런 거는 없고 시골에 갔을 때 그느낌, 그 냄새, 그게 제일 기억에 남는 것 같아.

보리 우리가 뭔가를 추억하는 거는 향으로 추억한대요. 시각적인

것보다 그게 더 크대요. 냄새 맡는 걸로 그리움은 그렇게 온다고
하더라고요.

풀잎 그래 그 솥뚜껑에 찌짐도 부쳐 먹고.

모두 맞다, 맞다.

풀잎 그 불에다가 감자, 고구마 구워 먹고.

모두 아…….

오늘이 그래 가마솥 안에 노란 양은냄비에 쌀하고 물을 넣고 불을
때면 어느 순간 밥이 돼 있는 기야. 그걸 양재기 밥이라고 하데.
참, 신기하더라. 그기 가마솥에 불을 때면 밥이 되더라고.

나무 그런 건 안 해 먹던데. 처음 들었네요.

오늘이 그러니까, 양재기 밥이라고 하니까 내가 못 알아듣는 기라.
시골에서 뭐뭐 하는데 하나도 못 알아듣는 기라. 그러니까 우리
아저씨한테 계속 물어보는 기라. 이건 뭐냐 저건 뭐냐 그렇게 물
어보는 기라.

라일락 나도 시어머니가, 다 모여 있는데 "야야. 그 부엌에 가서 빠
꿈냄비 좀 가져오니라" 하는 기라. 그리 그게 뭔데요, 하고 물어
보면 될 낀데 그냥 아는 체하고 나왔는데, 아무리 봐도 모르겠
는 기라. 그래서 우리 아저씨를 불러야 되는데, 그때 애도 없어서
어떻게 불러야 될지 모르겠는 거야. 그래가지고 "보이소 보이소
내 좀 보이소" 그랬다니깐. 그러니까 우리 아저씨가, 어디서 많
이 듣던 목소리니까 나오더라고. 그래서 가르쳐주고 그랬다 아
니가.

오늘이 나도 아무것도 못 알아듣겠더라. 싹 다 모르겠더라고.

수다, 꽃이 되다

라일락 그래서 그 유명한 부추 사건이 있다 아니가. 부추가 아니고 뭐라 하더나?

나무 소불 소불…….

보리 정구지.

라일락 말에서 나온 게 아니고 우리 시어머니가 "야야. 앞에 밭에 가서 그 정구지 좀 가져오니라" 그러더라고. 그런데 왜 그 정구지가, 밑에 뿌리 있는 데가 하얗다 아니가. 그래가지고 그걸 뽑았다 아니가.

모두 (박장대소) 하하하하.

라일락 어머님이 내가 하도 안 오니까 오셨는데, 그걸 보고 아무 말씀 안 하시고 그 자리에 딱 주저앉아버리시더라. 계속 잘라 먹어야 하는데 뿌리를 뽑아버렸으니깐.

보리 너무 웃기다. 하하하.

라일락 그렇다, 그래. 사건이 많아, 사건이. 그런데 하필 왜 정구지 밑이 하얗게 되어 있느냐고 참 내. 그걸 자르면은 정구지가 없어지잖아. 그게 왜 있냐고. 그게 나는 지금도 이해가 안 간다.

풀잎 맞다. 파도 밑에 하얗게 되어 있잖아, 그자? 뽑아 묵는데, 그자?

라일락 그러니까 그자. 왜 그거는 안 뽑아 묵고 잘라 묵냐고.

바람결 옛날에 그런 말이 있다 아니가. 서울 며느리한테, 야야 시장 가가지고 부추 좀 사 온나, 했더니 신발가게 가서 부츠를 딱 사왔더란다 아니가.

모두 하하하하.

라일락 그런데 그 사투리가 얼마나 딱 적절한 말인가. 빠꿈냄비라

해서 그게 뭔가 했더니만…….

나무 그래, 그게 뭔데요? 빠꿈냄비라는 게.

라일락 떡 찌는 거. 어머님이, 봐라 빠꿈빠꿈 구멍이 안 있나, 그러시더라고.

보리 아. 채반이네 채반.

라일락 그러고 보니까 구멍이 빠꿈빠꿈 나 있는 게 맞더라고.

보리 자기가 살던 문화권에서 벗어나서 시댁을 딱 가니까 완전히 다른 문화라니까, 문화.

감나무 한 그루

보리 다음, 빨리 하세요. 밥 하러 가야 돼요.

봄눈 나는 집에 애틋함이 없는데, 작년에 아버지 돌아가시고 나는 부모님하고 멀리 떨어져서 살아가지고 부모님하고 애틋하고 그런 게 없거든요. 특히 제가 맏딸이어가지고 그런 게 없는데, 아버지가 돌아가시고 막제를 지내고, 형제들하고 다 헤어지고, 잘 가라 하고, 엄마 계세요, 하고 혼자 터미널에 가는데 옛날 살던 동네에 가보고 싶은 거예요.

제가 고향이 전라도 익산인데, 옛날 살던 동네는 그대로 있고 우리는 이사해서 아파트에 사는데 옛날 동네는 그대로 있다고 하길래 너무 가보고 싶은 거예요. 그런데 못 가봤었는데, 아버지 막제 지내고 터미널 가는 길에 한번 가봤어요. 혼자서 가니까 그 골목길, 내가 막 혼자서 다니던 그 골목길, 그리고 우리 아

64

버지는 술만 드시면 뭘 사가지고 왔어요. 과자를, 그것도 외상으로. 엄마한테 혼나고 우리는 맨날 그 다음 날 그걸 바꾸는 거예요. 집에서 쓰는 걸로. 아니면 우리가 먹고 싶은 걸로.

그 가게가 아직도 그대로 있는 거예요. 미닫이문으로 유리문으로 되어 있었는데, 아직도 그대로 있는 게 너무 반가운 거예요. 또 내 친구랑 헤어지기 싫어가지고 즈그 집 앞에 갔다가 또 헤어지기 싫어서 우리 집 앞에 가고 그랬던 그 골목길도 그대로 있는 거예요. 그래서 혼자 그 집 앞에 서성이다가 우리 집에 갔는데, 이렇게 골목에서 안으로 들어가야 되거든요, 우리집만. 그런데 지금 주인은 골목 끝에다가 대문을 만들어놨더라고요. 거기부터 자기 땅으로 하려고. 그래서 문이 잠겨 있어서 보려고 해도 못 보고 저리 멀리 가서 보는데, 정말로 그대로 있는 거예요.

그 집에 감나무가 한 그루 집 안에 있었는데, 그때는 단감나무가 귀했거든요. 그래서 그 단감이 열리면 우리 엄마가 매일 그걸 세어보는 거예요. 열 몇 개 열리거든요. 그래가지고 엄마가 다 센 다음에 한 개 따서 옷에 이렇게 닦아가지고 한 개 먹고, 또 몇 개 남았나, 세어보고 그랬거든요. 그 나무도 그대로 있었어요.

그리고 집 옆에 방 한 칸이 있는데, 거기 세를 줬는데 거기 아줌마 아저씨는 자주 싸우는 거예요. 그런데 싸우면 아저씨가 꼭 뭘 던지는데 바가지를 던지는 기예요. 다른 거는 절대로 안 던지고 꼭 그 플라스틱 바가지를 던져서 깨뜨리던 그런 생각이 나요.

그리고 집에 방이 딱 두 칸이었는데 자다가 엄마아빠가 궁금해서 문을 열어보면 미닫이문이었는데 문이 안 열리는 거예요. 끼워가지고 돌려서 잠그는 거 있잖아요. 그런 거였는데, 왜 엄마 아빠 방에 문을 잠글까 궁금했어요. 그런데 그래서 그랬겠구나, 그런 생각도 들고 그러네요. 여러 가지 생각이 들더라고요, 그 집이 그대로 있으니까. 형제들하고 추억도, 아버지하고 기억도 생각이 안 났었는데, 그 집에 가 있으니까, 그 집이 그대로 있으니까 새록새록 생각이 나더라고요.

나는 서울 살다 창원 살다 여기 와서는 금곡동 살다 생각해보니까 한 1년마다 이렇게 이사를 다닌 거예요. 그러면 우리 애들은 이렇게 생각나는 집이 없는 거예요. 나는 지금도 옛날 생각이 나면, 그 동네에 가면 오롯이 남아 있는데 들어가지는 못하고 멀리서만 보지만 정말로 떵동 하고 들어가보고 싶더라고요. 근데 우리 아이들은 어디 가볼 수도 없는 거예요. 이사를 다니니까.

풀잎 지금도 옛날 집에 가보면 다 없어지고 텃밭이 되어 있는데, 거기가 너무나 좁은 거야. 우리 집이 이렇게 좁았나? 이런데서 살았나? 그런 생각이 든다니깐요. 공간이 너무 좁은 거야.

바람결 아까 아부지 어머니 문 잠근 거 들으니까, 나는 오빠하고 올케 사이에서 와 잤노. 방이 두 칸인데, 엄마 아부지한테 자야 되는데 올케가 너무 좋아서 그 올케 옆에서 잤다니깐 참 내. 그래서 일어나보면 내가 분명히 옆에서 잤는데 일어나면 한쪽으로 가 있더라니까. 왜 그랬을까 내가.

모두 미안하다 해라. 하하하.

보리 우리 이제 시간이 많이 흘렀네요. 오늘은 여기까지 해요. 다음 주 월요일에 휴가 안 가시죠? 그러면 다음에 뵙도록 해요.

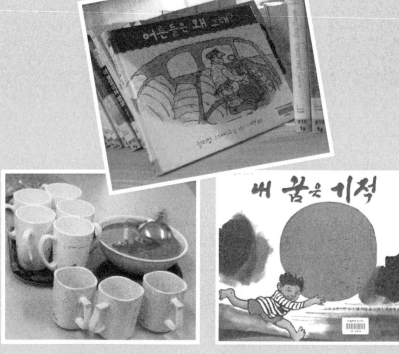

어른들은 왜 그래? 내 꿈은 기적

보리 오늘은 나의 어릴 적, 20대 이전의 이야기를 한번 해보려고 해요.

라일락 생각이 안 날 낀데. 하도 오래 돼서.

보리 책을 보면 떠오르는 것이 있고. 또 아, 저 장면이라고 하실 수
도 있을 것 같아요. 첫 번째 볼 책은 『어른들은 왜 그래?』 이건
데, 한번 볼까요?

『어른들은 왜 그래?』를 읽어줍니다.

바람결 딱 맞네. 책이 딱 맞네. 어른들이 하는 게 딱 맞네!

보리 애들은 딱 이렇게 본대요. 어른이 된 우리들의 어린 시절 이야
기를 한번 들어볼까요?

바람결 어릴 때 내 생각으로, 어른들은 왜 술을 먹을까? 그런 생각.
내가 막내였거든. 그래서 엄마 똥궁디도 많이 따라다녔거든. 그
리고 엄마도 좀 데리고 다니는 편이었고. 어느 날은 엄마가 해가
져도 안 와. 그때는 한복을 입었거든. 그리 찾아가 보면 뒷집 엄
마, 앞집 엄마 치마가 이리 올라가가지고, 술을 먹고 춤을 추고
이러는 거야. 그런 기억이 나네. 우리 엄마는 그렇게 술을 많이

드시지는 않았는데 흥이 많은 엄마야. 내가 그런 엄마의 끼를 좀 닮았어. 사람 만나는 것도 좋아하고 사람 한 번 만나러 나가면은 해가 져야 돌아오고 그랬거든.

햇살 나도 내가 라디오에서 노래 나오면 따라 부르거든. 그러면 우리 애들이 "엄마 왜 그래?" 막 그래요.

바람결 나도 우리 딸한테 "지금부터 엄마가 설거지를 할 건데 음악을 틀어라." 하면 우리 딸이 뽕짝을 팍 틀고 그런다니깐. 그런데 그런 거는 또 하면서 노래는 잘 못하지 보리처럼. 보리야, 이야기해라.

보리 어, 언니 노래 잘한다던데.

바람결 흥은 있는데, 노래는 못해!

라일락 그런 기 있어. 나도 음악이 나오면 자동적으로 몸이 움직이잖아. 나도 우리 아버지는 전혀 아니고 우리 엄마 끼를 좀 물려받았거든. 그런데 우리 막내 동생 딸내미, 조카가 하나 있는데, 집안 행사가 있어가지고 다 모여서 노래를 부르는데, 애가 가만히 있다가 노래 소리가 들리니까 뛰쳐나와서 노래를 딱 부르는데…….

풀잎 몇 살인데?

라일락 그때가 초등학교 4학년인가 5학년인가. 나와서 노래를 하는데 가만 보니까 언니랑 둘이서 나가자 막 이래 하다가 언니가 안 나간다 하니까, 지 혼자 나온 기라. 참……. 이게 타고난다니까, 자기도 모르게!

바람결 나도 사람들이랑 노래방에서 놀고 오면 다음 날, 어제 그렇

수다, 꽃이 되다

게 술을 먹고 노래를 부르고 했는데, 오늘 몸은 괜찮냐고 전화가 오더라고. 그래서 내가 알았어. 아, 나한테도 그런 끼가 있구나 하고 생각했지. 큰애가 6학년 땐가 내가 학부모회 총무를 맡았는데, 차 두 대를 끌고 놀러를 갔다 왔는데, 뒷날 거기 동생이 "언니 어제 그렇게 놀았는데 괜찮아요?" 하고 전화가 왔더라고. 나는 술 한 방울도 안 마셨는데, 다들 내가 술을 많이 마신 줄 알더라고. 그런게 그게 좋은 건지 나쁜 건지 모르겠다.

풀잎 좋은 거지. 술 안 먹고 그렇게 노는 게 얼마나 좋노! 참 좋은 거지.

라일락 나도 술 안 먹어도 잘 논다!

풀잎 우리 모두 좀 그런 스타일이다, 그자. 술 안 먹고 노는. 그자?

보리 또 다른 사람은?

한사람 어릴 때 우리 집은 가게 방이었는데, 가게 집 문칸방이었어요. 문만 열면 가게, 문만 열면 집! 이랬거든요.

바람결 부럽다.

한사람 부러워요? 나는 어릴 때 그게 참 싫었거든요.

바람결 우리 어릴 때는 가게 하는 집, 진짜 부러워했잖아.

라일락 맛있는 거 마음대로 먹고.

한사람 마음대로 먹고? 우리 집은 종자 가게였어요. 종자, 비닐 뭐 이런 거 파는 가게였거든요.

모두 아…….

한사람 그러니까 나하고 전혀 상관도 없잖아. 먹을거리하고도 전혀 상관도 없고. 그리고 어릴 때는 아버지가 술 먹고 오면, 일이 고 되니까 술 먹고 그러는데, 술 먹고 오면 내 마음에는 그게 마음에 안 들잖아. 그래서 술 먹고 오면 아무 말 하지 말라고 입 막고 그랬거든요. 위에 언니가 있어도 언니는 얌전하고 조용하고. 그런데 나는 좀 어릴 때부터 되바라졌었나 봐요. 아빠 무서운 줄을 모르고.

바람결 몇짼데?

아부지를 닮아

한사람 셋째요. 제가 셋째 딸인데요. 아무튼 아버지 입 막후고 그랬는데, 나도 아부지를 닮았나 봐. 엄마는 전혀 그런 게 없는데 나도 노는 걸 되게 좋아하거든요. 그런데 우리 둘째 아들이 내가 노래방 가서 노래 부르고 막 그러면 쪽팔린다고, 하지 말라고 막 그러거든요. 그러면 또 섭섭한 거야. 그래서 "엄마 즐거워서 그러는데 왜 그래. 엄마가 즐거우면 니는 안 즐겁나?" 그러면 "쪽팔려, 엄마" 그러는 거야. 나도 어릴 때 아버지한테 그래놓고 나도 섭섭한 거지.

바람결 그러니까 어릴 때 보면, 엄마는 잠깐 나갔다 온다고 해놓고 한참 있다가 오고 그랬어.

한사람 그런 거 이외에는 부모랑 소통이나 대화할 수 있는 건덕지가 없었던 것 같아. 여기는 보니까 자가용도 나오고 뭐 그런 것 같은데, 도시형인 것 같아. 우리는 시골에서 자랐으니까 부모님들은 전면적으로 생업에 집중하시고 자식들과 교류가 없었던 것

수다, 꽃이 되다

같아. 새벽부터 저녁 늦게까지 일을 하시니까. 그래서 나는 내 일하다가 부모님 일 돕다가 그런 거지. 그런데 충돌할 때는 부모님이 힘드실 때, 그럴 때 나랑 충돌하는 거야.

바람결 나는 어릴 때 자다가 일어나면 머리맡에 요강이 있는 거야. 항상 화장실이 머니까 요강이 있었던 것 같아.

보리 그거, 어른들이 일찍 일어나서 비워주잖아.

바람결 그래. 새벽에 일어나면 머리맡에 요강이 없는 거야. 그래서 엄마한테 신경질을 내고 그랬지. 왜 내가 아직 안 일어났는데 요강을 치웠냐고, 요강 좀 놔두면 안 되느냐고 막 그랬지.

풀잎 나는 또 지금 생각하면 기억나는 게, 내가 자고 있으면 엄마는 뭘 그렇게 써는지, 뭐를 써는 기억밖에 안 난다. 엄마가 반찬솜씨가 진짜 좋았거든. 나는 잘 못하는데. 그래서 엄마는 늘 뭔가를 써고 있었던 거. 그리고 부엌에서 밥하던 거, 그런 것밖에 생각이 안 난다. 막내다 보니까 일도 안 하고, 못 하고, 안 시키고 맨날 놀러만 다닐라 하고, 큰오빠가 나이 차이가 많이 나니까 나갈라고 하면 못 나가게 하고. 이런 것밖에는 나는 기억이 안 난다, 어릴 적에는.

보리 어릴 때 요강을 머리맡에다가 딱 놓아두잖아요. 내가 어릴 때 자다가 "엄마 오줌" 하면 엄마가 요강을 이렇게 두드리는 거야. 일로 오라고. 그런데 나는 그 소리가 너무 좋은 거야. '엄마는 어떻게 저 소리를 저렇게 잘 낼까.' 그래서 오줌을 안 누고 싶어도 "엄마 오줌" 그랬던 것 같아. 초등학교 2~3학년 때까지 그랬던 것 같아. "엄마 오줌" 말이 끝나기도 전에 요강을 치는 거야. 그런데 어느 날은 "엄마 오줌" 하는데 빨리 안 치는 거야. 그래서 "엄마 오줌" 다시 하니까 치는데, 소리가 달라. 그거는 인제, 우리 아버지가 치는 거야.

모두 아하 하하하하.

보리 엄마랑 아버지는 소리가 달라. 그러면 내가 '오줌 누지 말아야지' 하고 가만히 있는 거야. 그러면 우리 아버지가 "야야 오줌 누라 와?" 그러는 거야. 부끄러우니까, 그러면 내가 모르는 척하고 가만히 있었다니까. 그래서 나는 추억의 소리나 그런 말 하면 그 요강 치는 소리가, '탁탁탁' 하던 그 소리가 생각나. 그래서 나는 내가 이 다음에 어른 되면 꼭 요강을 둬야지 했는데, 애나콩. 요강이 어디 있노? 요새!

햇살 나는 요강 본 적도 없고 써본 적도 없어요. 옛날에 외갓집에 가면은, 밤에 오줌이 누고 싶다고 하면 그 요강을 주는데, 너무 불편해서 오줌이 안 나오는 거예요.

라일락 조준을 잘 못하겠더라. 못 누겠더라.

햇살 맞아요, 맞아!

보리 그래, 도시에서 어릴 때 조카들이나 이렇게 오면은 꼭 가에다가 흘리는 거야. 그리고 엄마가 부산에 갔다 오면 거기도 요강이 있었는데 스텐이잖아. 그거였는데 엄마가 막 "그거는 안 되겠더라, 지작도 아이더라." 그러는 거야.

바람결 지작도 아이더라가 뭔데?

보리 그러니까 우리 엄마 말인데, 마음에 안 든다 그런 말이야.

나무 알맞지 못하다 그런 말인 것 같아요.

수다, 꽃이 되다

보리 그리고 스텐은 소리가 막 나는 기야. 사기는 안 그런데.

바람결 나중에 요강이 다 스텐으로 바뀌었잖아.

보리 그러니까. 그리고 결혼할 때 요강을 사 주잖아요. 우리 언닌가? 오빠가? 결혼할 때 요강을 사 주는데, 스텐밖에 없어서 그걸 샀는데, '지작도 아이더라' 막 그런 이야기도 했던 것 같아.

풀잎 결혼할 때 왜 요강을 사 주지?

보리 결혼할 때 가마를 타고 가잖아요. 그때 가마 안에다가 요강을 넣어둬요. 왜냐하면 새색시가 나와서 볼일을 못 보니까. 가마를 세우면 가마꾼들이 멀리 가고 그러면 새색시가 볼일을 보고 몸종이 버리고. 그렇게 했대요. 그래서 결혼할 때 다 요강을 들고 가요.

한사람 그리고 옛날에는 요강에 오줌 모아서 퇴비로 썼잖아요.

보리 어른들이 아프면 얼라들 오줌이 다 약이였으니까.

바람결 맞다! 우리 어릴 때 손 트고 그러면 오줌을 바르고 그랬잖아.

보리 예. 맞아요.

바람결 왜? 안 했나?

풀잎 그거는 안 했는 거 같은데.

나무 나도 그런 거는 안 했는데요.

햇살 그런 이야기는 드라마에나 나오는 아련한 그런 이야기고. (어릴 때 우리 집은) 아빠는 장남이었고 할머니랑 같이 살았고 어릴 때 보면 엄마는 늘 우울했던 것 같아요.

보리 그게 느껴졌어?

햇살 그냥. 나는 엄마는 왜 항상 어둡지 그런 생각을 했던 것 같아요.

보리 아빠가 마음에 안 들었겠네, 그럼.

햇살 아빠가 하는 모든 게 마음에 안 들었던 것 같아요.

우울한 엄마

풀잎 음. 마음에 안 들어서 우울한 표정.

우리 엄마는 집 안에서 강한 표정을 많이 했다. 강한 표정. 아버지가 항상 남 좋은 일만 하고 남의 일만 하고 그러니까. 엄마는 집안을 책임져야 하니까. 우리 엄마는 항상 강한 모습. 목소리도 우렁차고 모든 걸 휘어잡아야 하니까. 우리 아버지는 집안 일은 내 몰라라 하고, 남을 위해서 살았다 하거든. 동네에 돌아가는 거 뭐 다. 아래도 우리 큰 언니하고 모두 다 갔는데, 그 동네 어른들이 언니를 보고 "느그 아버지는 남을 위해서 살다가 가신 분이다. 그래서 느그들이 다들 이리 잘사는 갑다." 그러셨다고 하더라고.

왜, 옛말에 부모님들이 남을 위해서 사시고 그러면 밑에 자식들이 큰 우환이 없이 산다고 막 그런 말들이 있잖아요. 그래서 어머니도 돌아가실 때 편안하게 돌아가시고 그랬다고, 어른들이 그렇게 말씀을 하셨어요. 아버지는 늘 남 좋은 일만 하셨대. 맨날 빚보증 서고 뭐 이런 것들. 아버지가 착하니까 엄마는 강하게 될 수밖에 없잖아. 그러니까 엄마 목소리는 맨날 강하고, 그렇게 되는 거야. 막 후려잡아서 독하게 해야 했으니까 목소리도 막 이렇게 크게 하고 그랬던 거지.

수다, 꽃이 되다

보리 그렇게 강한 엄마에 대해서 본인은 어떻게 생각했어요?

바람결 저렇게 되지는 말아야지 할 수도 있고.

풀잎 어떻게 보면 엄마가 정말로 현명한 사람이다, 라고 생각을 하
면서도 아버지는 왜 저렇게 힘들게 할까 그렇게 생각을 하는데,
남자 형제들은 있잖아요, 오빠는 이해를 못하는 거예요. 지금도
생각이 나. 아버지가 또 잘못을 해서 엄마가 마구 욕을 하고 이
라면은 엄마를 막 뭐라고 하는 거야. 아버지는 그럴 수 있다고
하고. 그런데 또 딸들은 아버지만 뭐라고 하고 엄마를 이해하게
되는데, 남자 형제들은 그게 아니데. 내가 그런 걸 느꼈다니깐.

바람결 옛 말에 왜 아들은 아버지 편이라는 말이 있잖아.

풀잎 정말로 그렇더라니깐. 아버지는 어쩌다가 저럴 수도 있는데,
엄마가 심하다는 식으로 이야기를 하더라니깐. 엄마를 막 뭐라
하고 그러더라니깐. 그런데 나는 엄마편만 들게 되고, 아버지는
가정을 안 돌보니까 싫어하게 되고. 그런 생각도 나거든. 엄마가

나 객지에 나와 있다고 농사일 끝나고 나서 올라오시면 딱 많이도 안 있어. 딱 일주일! 연탄도 갈아주고 밥도 해주면서 나는 너무 편하잖아. 직장 다니면서 힘든데 엄마가 와 계시니까. 그러다가 엄마가 가시는 날, 돌아오면 엄마가 없거든. 돌아왔는데 연탄불은 피어 있고, 밥은 딱 되어 있는데 엄마는 없고. 그때부터 한참을 울고 앉아 있는 거야. 그러면 언니가 또 와. 막내가 또 울고 앉아 있겠구나 하고. 그게 제일 기억이 많이 나. 친정엄마!

바람결 엄마 보고 잡다.

풀잎 친정엄마 이야기하면 다들 눈시울이 벌게져가지고.

한사람 어릴 때라서 그런지 몰라도, 나도 엄마의 감정에 동의를 많이 했던 것 같아요. 엄마가 막 딸한테 이야기를 할 때도 있잖아. 남편과의 일이라든지, 시댁에서 있었던 일이라든지. 아들한테 말하기는 그렇잖아. 그러니까 공감을 해주는 거야. 그러면서 같이 이야기도 하고, 그러다가 아버지한테 화가 나기도 하고, 말도 하고 그랬던 것 같아요.

햇살 나는 내가 장녀인데, 어릴 때부터 무조건 엄마 편이었어. 엄마가 뒤에서 말도 많이 하고 그래서 어릴 때 엄마랑 똑같이 아빠를 미워했었어요. 근데 내가 커서 결혼을 해보니까 아빠가 너무 불쌍한 거라. 우리 집에서 아빠가 설 땅이 없었던 거라. 엄마가 밀어내고, 내가 장녀인데 내가 밀어내니까. 결혼생활을 하면서 남편을 보니까, 아 이런 게 아빤데. 아빠, 참 불쌍하다 생각했지.

바람결 아버지 계세요?

햇살 네.

수다, 꽃이 되다

보리 아직 잘해드릴 기회가 있네.

햇살 네, 저는 좀 애정결핍 같아요. 그래서 표현을 해야 되는데 그게 안 돼요. 표현을 해야 되는데 그냥 알겠지, 그렇게 생각해요.

라일락 절대 모른다. 절대 몰라. 나도 그런 부분이 있어가지고 고치려고 하는데 잘 안 돼. 나이가 드니까 우리 아저씨가 그걸 가지고 내색을 하더라고. "니는 왜 정이 없노?" 그러면서 내색을 하더라고. 자기는 정이 많은 사람이고. 내가 봐도 그런데 나는 그렇지는 못하거든.

풀잎 이 부부는 보면 와이프라는 사람은 큰일을 하고 아저씨는 남에게 너무 배려를 많이 하시네. 남자가 너무 이웃 사람들한테, 아프면 약까지 발라줄 정도로 세심하게 하더라고.

보리 온 동네 사람들은 다 발라주는데 내만 안 발라주는 거는 뭐예요?

라일락 내가 보기에는 쓸데없는 오지랖인데, 자기는 그거를 정이라고 생각하더라고.

풀잎 진짜 너무 세심하더라.

라일락 우리 집에 누가 오기라도 하면, 아저씨는 거실에서 신으라고 슬리퍼도 막 챙겨주고 그러거든. 그런데 나는 안 그렇거든. 막 사람들 앉으라고 치우고. 그런데 자기는 남보다도 내가 안 그러니까 섭섭한 기야.

풀잎 그렇지.

라일락 그런데 나도 고칠라고 애를 쓰는데 잘 안 되데. 나도 자라온 게 그런가. 아버지는 이런저런 욕심이 없는 분이고 엄마는 시집

가보니까, 논도 있고 밭도 있다고 했는데 막상 가보니까 아무것도 없는 거 그런 집이었어. 딱 엄마 생각에는 지금도 엄마가 여장부라! 여기에 있다가는 자식들 공부고 뭐고 안 되겠다고 농사 좀 있는 거 때려치우고 나가자고 했대. 그런데 아버지는 겁이 나서 못 나간대. 그러니까 엄마가 "그럼 당신 있으소. 내가 가서 자리 잡으면 연락하게."

모두 우와.

라일락 그래가지고 엄마가 나와서 자리 잡고 신랑을 데려왔어. 그래서 아버지는 직장생활을 하라고 회사로 들여보내고 엄마는 장사를 했거든. 그런 거에 좀 빨라. 아버지가 일찍 돌아가셨는데도 우리는 사는 거에 아무런 불편이 없었거든. 그러니까 엄마가 모든 것을 다 이끌어주고 아버지는 도와주는 형태. 어느 날은 아버지가 돈을 벌어보겠다고 엄마한테 밑천을 좀 달라 한 거야. "뭘 할라고요?" 물어보니까, 묻지는 말고 좀 달라더래. 그래서 줬대. 그런데 그 많은 장사 중에, 그 더운데 하필이면 홍시를 해가지고, 와 해가지고 터지고 난리가 난 거야. 그 더운데 홍시 장사가 되느냐고. 그 뒤로부터는 엄마가 "함부래 당신은 가만있으소. 내가 벌어 올 테니까." 그러고 보면 엄마의 그런 기질을 내가 싫다고 하면서도 닮은 것 같아.

바람결 모두 엄마를 닮네.

라일락 내가 그런 정을 못 받아서 그런가, 그렇게 하지를 못하니까, 잔정을 안 받아봐서, 하는 법을 몰라서 그러는 건지, 그게 잘 안 돼.

수다, 꽃이 되다

한사람 그런데 그게 잘 안 보이죠?

라일락 그렇지.

풀잎 그래도 양쪽 다 너무 그러면 일이 안 되는 거야. 한 사람은 따뜻하고 한 사람은 대범하고 그래야지. 그래야 되지.

라일락 내가 볼 때는 사서 고생을 하는 것 같아. 받는 사람은 좋을지 몰라도 끝도 없이 이리 하니까, 나는 그게 너무 못 미치니까 자꾸 표현할라고 하는데 그게 잘 안 되네.

풀잎 나도 신혼 때 막내고 하다 보니까 표현을 잘 못했거든. 그래서 말 안 해도 알아주겠지, 내가 아파서 누워 있으면 알아서 좀 기다리거나 해주겠지 하는데 그걸 모르는 거야. 그래서 그 일로 서운해서 싸우고 그랬는데 나중에는 느껴지더라. 말을 해야 알지. 남자들은 모른다고! 세월이 가고 그러니까 내가 말을 해야 알지 그 사람이 어찌 알겠노, 그런 생각이 들더라고. 그래서 그 다음부터는 막 해달라고 그러고 그러지. 말 안 해도 알아주길 바라는 나도 잘못된 거지, 그지?

바람결 그래 어제 신동엽의 〈고민 있어요〉 프로 봤어요? 고등학생이 엄마하고 2년 동안 말을 안 했더라 아니가. 그래 그거 보고 나 진짜로 많이 울었는데.

보리 뭣 때문에 이야기를 안 했는데?

바람결 어느 날 아들이 엄마하고 말을 안 하더래. 방송에 나오고 그러니까 털어놓을 준비를 하는데, 1년 동안 학교에서 괴롭힘을 당했더라고. 그래서 내가 이렇게 힘든 상황인데 집에 가면 아빠, 엄마, 누나들이 좀 알아주고 그랬으면 좋겠는데 이 아는 말을 못하는 거야. 그래서 엄마가 막 왜 그러냐고 하고 뭐라고도 하고 그랬는데. 어느 날 학교에서 괴롭히는 친구 얼굴이 엄마 얼굴에서 보이더란다. 그래서 그 다음부터 꼬박 2년을 엄마하고 말을 안 했다고 하더라고. 그런데 엊그제 누나한테 하는 말이 군대를 간다고 했대. 그동안 모든 의사 소통은 누나를 통해서 했대.

풀잎 밥 먹을 때도 누나가 밥 먹으래, 하면 먹고?

바람결 어어. 그래도 이제는 엄마하고 화해하고 서로 미안하다고 하고 그러더라.

풀잎 안녕하세요 프로네.

바람결 그래 맞다. 그거.

엄마는 여장부

봄눈 나는 우리 엄마가 여장부라는 소리를 듣고 컸거든요. 아버지는 출근만 딱 하고 저녁에 퇴근하시면 다른 소일거리가 전혀 없고, 또 선생님들 술을 많이 드시니까 다른 모든 거는 엄마가 다 알아서 하고 그랬는데. 그러다가 엄마가 자기 성질대로 안 되면 우리에게 닦달을 하는데, 어느 날은 엄마가 갑자기 짐을 싸라고 하는 거야. 여름인데 ○○해수욕장에 가야 된다는 거야. 아버지가 여자 친구를 사귀어가지고 ○○해수욕장에 놀러갔다고.

모두 하하하.

보리 잡으러 가야 된다고?

봄눈 어어. 그래서 꽃무늬 모자하고 튜브하고 챙겨가지고 갔다니

수다, 꽃이 되다

깐. 지금 생각하면 그런 것도 아닌데. 항상 우리를 앞세워가지고 어디를 가고 그랬던 것 같아. 아버지가 술을 좋아하시니까 저녁에 안 오시고 그러면, 엄마가 가면 될 텐데 꼭 우리보고 찾아오라고 하는 거야. 그러면 "어디 있는데?" 하고 물어보면 엄마는 어디 있는지 알아. 거기 가보고 없으면 저기 가봐라 하는 거야. 그래서 가서 문 조금 열린 사이로 쳐다보고, 있나 없나 들어가지도 못하고, 나는 그게 너무 싫었는데, 자기가 해야 할 일인데 자기 분에 못 이겨가지고 자식 앞세워서 하라고 하고 그랬던 게 나는 너무 싫어가지고. 나는 한 번도 엄마 편이었던 적이 없었던 것 같고 그래요.

햇살 어렸을 때는 엄마가 막 그런 이야기하면 공감 백 프로고 그랬는데 지금 생각해보면 엄마가 참 잘못했다는 생각이 들어요. 자식한테 아버지의 흉을 보는 게 참……. 나는 그 후유증이 좀 많은 것 같아요.

풀잎 참 다르다 그자?

햇살 그러니까 아주 어렸을 때는 사이가 좋았던 것 같애. 특히 아빠가 애를 좋아해서 잘 업어주고 막 그렇게 잘 지냈는데, 어느 날부터 엄마가 나한테 이야기를 막 하기 시작하면서 아빠가 점점 싫어진 것 같아요. 그래서 나는 커서 남성상도 좀 되게 부정적이었던 것 같아요.

바람결 우리 나무 아가씨는요?

나무 나는 엄마가 너무 철이 없어가지고.

모두 하하하. 야아.

나무 스무 살 차이 나는데, 엄마랑 나랑. 엄마가 스무 살에 결혼해서 바로 내가 들어섰으니까 스무 살, 스물한 살 이렇게 차이 나는데. 내가 보면 항상 엄마는 철이 없어. 가만히 보면 정신이 없고 막 철이 없어. 예를 들어서, 소풍을 가면 엄마가 차분하게 있으면 될 건데, 애들이 들떠도 좀 차분하게 있으면 될 건데, 엄마는 읍내에 나가서 새 옷을 사와가지고 딱 걸어놔. 나는 아무거나 입으면 되거든. 그런데 그 새 옷을 사와가지고 딱 걸어놔.

바람결 외동딸?

나무 아니요, 제가 장녀였거든요. 1남 2녀 중에 제가 장녀인데 엄마의 로망이었겠지. 막 이상한, 불편한 옷을 막 (입히고 그랬어요.) 제가 어릴 때 키도 크고 되게 날씬했거든요. 그래서 그랬는지 늘 엄마는 철이 없어 보였어요. 늘 신나 있고, 아빠랑 엄마랑 여섯 살 차이가 나는데, 그러니까 아빠가 힘든 거야. 우리 아빠는 정말로 섬세한 사람이었거든요. 엄마가 먼저 신발을 벗고 나가면 그걸 돌아서서 딱 바로 놓고 하는 사람이었어. 어디 가서 밥을 먹으면 엄마 수저를 딱 챙겨주는 사람이었어.

그러니까 그 두 가지 장면이 나한테 되게 인상 깊게 남아 있어요. 지금은 엄마가 아빠 돌아가시고 나서 대장부가 됐는데. 아무튼 엄마는 토라지기도 잘 토라지고, 그러면 아빠가 부엌에 들어가서 밥도 하고 죽도 끓이고. 그래서 나는, 아빠는 왜 저런 여자랑 결혼했을까? 늘 생각했어. 자라면서 다른 딸들은 엄마를 이해한다는데 나는 아빠를 이해했다니깐요. 내 머리를 길러가지고 머리를 막 이상하게 땋아가지고 아침부터 나를 괴롭히고 그

수다, 꽃이 되다

러는데 정말로 힘들더라고요. 어디 놀러를 가면 엄마들은 먹을 걸 챙기고 그렇게 하는데, 우리 엄마는 뭘 입고 가지? 그런 고민을 하는 것 같아요.

그런데 지금은 딱 우리 엄마를 보면 부녀회장인데, 아빠 살아 계실 때는 왜 그랬는지, 우리 엄마도 사람 많은 집 막내거든요. 밥도 한 번 안 해보고, 귀여움만 받다가 시집와서 그랬는지, 아무튼 엄마는 철이 없었던 것 같아요.

보리 엄마랑 아버지가 이별한 지가 그러면 언제?

나무 억수로 오래됐어요. 내가 중2 때 아빠가 돌아가셨으니까 우리 엄마가 서른여섯 살!

바람결 아이구 일찍 가셨네.

나무 네, 그러니까 완전 청상이잖아요, 청상. 그래서 아버지 돌아가시고 엄마에게 뭔가 지나간 것 같아요. 그 다음의 엄마는 완전 여장부니까요. 어렸을 때 엄마는 철이 없었는데, 아무 말이나 막 하는 것 같고, 아빠는 딱 할 말만 하고. 그러니까 엄마가 좀 없어 보이는 거예요. 아빠는 좀 있어 보이는데. 그래서 저는 막 여자가 이쁘게 꾸미고 그런 것에 대해서 약간 부정적인 생각이 있는 것 같아요. 그러니까 외모를 꾸미는 여자는 머리 빈 여자, 이렇게 생각하는 것 같아요.

풀잎 원래 엄마가 그러면 딸들은 좋아하는데, 그지?

나무 그러니까 나도 평범하고 편한 딸은 아니었던 거지. 꾸미고 예쁘게 하고 그런 건 여자의 특권이기도 하고 괜찮은 건데. 나는 좀 잘못된 생각을 가졌던 것 같아요.

보리 그러면 동네에서 딱 마음에 드는 엄마가 있었을 낀데?

나무 맞아요! ○○이 엄마라고. 내 친구가 늦둥이야. 그러니까 엄마가 나이가 많은 거야. 그러니까 안 할 말은 안 하시고, 할 말은 딱 하고 그러시는 거야. 아무튼 나는 엄마가 이해가 안 됐고 늘 아빠가 힘들겠다, 그런 생각을 해왔던 것 같아요. 그래서 내가 이기적인 남자를 좋아했잖아요. 자기만 딱 아는 그런 남자.

모두 하하하하.

보리 아이들에게는 부모가 정말 중요하구나, 하는 생각을 오늘 이야기하면서 느꼈던 것 같아요. 그죠?

　다음에 읽을 책은 『내 꿈은 기적』이라는 책인데요, 프랑스 작가가 쓴 책이에요. 한번 읽어 볼까요?

수다, 꽃이 되다

『내 꿈은 기적』을 읽어줍니다.

보리 어릴 때 바라보던 어른들의 이야기도 했고, 이제는 그때 내가 뭘 하고 싶었는지 이야기해도 좋고. 저는 성인이 되기 전 스무살 이전에 제가 뭐가 되고 싶었는지를 몰랐던 것 같아요. 학교에서 희망사항 이런 거 적잖아요. 그러면 '원하는 대로' 이렇게 해놨던 것 같아. 그거를 어디서 배웠냐면은 선생님이 생활기록부 옮겨 적고 보여주잖아. 거기에 왜 본인이 '원하는 대로' 이렇게 적혀 있는 거야.

바람결 부모들이 적은 거에.

보리 어. 아이들 희망사항이나 그런 거에. 뭐 '본인이 원하는 대로' 이렇게 적어놓는 거야. 그래서 그때 뭐하는 사람, 이렇게 물어보면 보통 직업군을 이야기 많이 하잖아요. 학교 선생님, 간호사 나이팅게일, 이런 거 많이 하잖아요. 그런데 내 생각에는 선생님은 애들을 막 힘들게 가르쳐야 하잖아요, 그래서 별로고요. 간호사도 정말 힘들게 하루 종일 간호해야 되니까 너무 싫은 거예요. 그래서 제일 좋은 거는 초등학교, 중학교 때는 하얀 병실에서 얼굴 하얗게 되어서 하루 종일 누워 있는…….

나무 꿈이 환자라고요. 환자. 하하하.

보리 왜냐하면 만화나 이런 거 보면 병에 걸려가지고 얼굴 하얗고 그런 애들이 다 주인공이잖아요. 나이팅게일이 되겠다는 아한테 "다른 거 한 번 생각해봐 봐" 그래서 내가 아무리 다른 걸 말해보라고 해도 "아니야, 나는 꼭 간호사가 될 거야" 그러는 거예요.

그래서 내가 "아니 간호사 말고 하얀 병실에 입원해 있는 그런 거 하면 얼마나 좋겠노" 하고 이야기를 했는데, 개는 그걸 못 알아듣더라고요. 어떤 거를 하고 싶어 하는 구체적인 것은 참 없었던 것 같아요. 검사나 판사 뭐 의사 그런 게 되고 싶다는 생각을 왜 못했을까?

그리고 내 친구 한 명은 꼭 대학교에 가는 게 꿈이었어요. 그 친구 언니가 대학교를 다니고 있었어요. 아무튼 대학생 되는 게. 그때 우리 동네는 대학생들이 없었으니까, 뭐 꿈이 대학생이 되는 것이었을까? 막 그런 생각이 들기도 했는데, 아무튼 그의 꿈은 대학생이 되는 거였어요. 아무튼 그 친구는 대학생이 됐긴 됐지. 우리가 어릴 때 막연하게 생각했던 그런 것들 있잖아요. 소녀 시절에 참 의미를 두고 생각했었던 게 있었을 거예요. 그죠?

내 마음대로 살고 싶다

라일락 꿈은 없었고 졸업하면 그냥 마음대로 살고 싶은 거. 생일이 빨라서 일곱 살에 초등학교를 갔었거든요. 언니가 가방 들고 학교 다니는 게 너무 부러워가지고 아직 입학 통지서도 안 나왔는데 가방 사고 그렇게 했거든요. 나는 갖고 싶은 게 있으면 사흘 밤낮을 울어가지고 그걸 꼭 얻어야 되고 막 그랬던 모양이더라고요. 고집이 진짜 셌던 모양이에요. 지금은 많이 좋아진 거예요. 나는 공부에 대한 욕심은 별로 없었던 것 같아요.

위에 언니가 그런 게 굉장히 심했거든요. 그래서 언니는 공부

수다, 꽃이 되다

해야 되고 막 그런 성향이고, 나랑은 비교가 안 되고 그랬거든요. 엄마 아버지는 어떻게든 이길 수 있겠는데, 언니는 도저히 안 되겠는 거야. 그러니까 언니한테서 벗어나고 싶은 생각밖에 없는 거야. 그래서 언니보고 "공부하고 싶으면 언니나 해라" 막 그랬거든. 그래서 나는 막 뭐가 되고 싶고 그런 것도 없고, 그냥 고등교육만 받으면 끝이지. 그냥 언니한테서 벗어나고 싶다, 뭐 그런 생각만 했지. 어쨌거나 졸업하고 나면 내 마음대로 좀 하고 싶었어요.

보리 그래도 나름 뭐가 되고 싶다 그런 게 있었을 거 아니에요?

라일락 진짜 언니가 너무 강해서 강박인지 몰라도 여기서 벗어나고 싶다 내 마음대로 하고 싶다 오로지 그런 생각밖에 안 들었어요. 너무 사람을 못살게 하니까. 무조건 자기 코드에 맞추라 하니까. 그렇다고 자기가 막 뛰어나게 공부를 잘하는 것도 아닌데 물론 맏이니까 이끌어가야 한다는 그런 생각이 자기도 있었겠지. 지금 생각하면 조금 이해가 되는데, 그때는 오직 졸업해서 벗어나는 거 그 생각밖에 없었어요. 그런데 뭐 졸업하고 나서도 마음대로 해본 것도 없어요. 뭐 그랬던 것 같아요.

보리 네.

풀잎 나는 이때까지 살아오면서 꿈이라든지 뭐 그런 거를 이야기할 시간이 없었잖아. 여기가 어떻게 된 것이, 이런 이야기를 하게 만드는 것 같네. 시골에 있었는데 큰언니가 부산에 자리를 잡았어. 우리도 부산으로 올라오게 된 거야. 그래서 직장을 다니면서 언니 집에서 방 한 칸 줘서 거기서 살게 된 거야. 그때만 해도 나

데리고 있어야지, 자기 시동생도 데리고 있어야지 되는데…….

모두 아이구.

낮에는 일하고 밤에는 공부하고

풀잎 시동생이라는 사람이 진짜 똑똑한 사람이야. 거기는 막낸데 그 사람이 학원을 다니면서 공부를 잘해가지고 서울로 가게 됐 는데 나를 보니까, 저 어린 게 시골에서 올라와 가지고 직장 다 니는 거 말고는 아무것도 안 하니까 우리 언니한테 "이렇게 이 쁘고 그런 아이를 직장에만 보내고 그러면 안 됩니다." 그러면서 공부를 시켜야 된다 이리 된 기야. 그 시동생이 지금도 잘돼가지 고, 이리 한 번씩 보면은 '저분이 나한테 잘해주고 했는데' 막 그 런 생각이 들어. 그래 낮에 일하고, 밤에 공부하고 이런 생활을 했어. 우리 사회생활 하면서 전혀 그런 거를 내색을 안 하고 그 랬는데, 이상하게 이런 자리에서 이야기를 하게 되네.

그래서 그나마 시골에서 있었는데도 막내라고 일은 안 하고 그래서 뽀얗게 있었는가 봐. 그런데 부산에 막상 오기는 왔는데 직장을 다닐라니까 서툴고, 막 엄마 보고 싶다고 울제. 언니 집 에 있으면서 눈치 아닌 눈칫밥을 먹어야 되지. 그렇게 사는데 그 시동생이 공부하라고 자기가 알아 와가지고 야간 고등학교에 나를 막 데려가서 넣고 그랬지. 그 언니 시동생 때문에 야간에 딱 등록을 하게 된 거지. 내가 야간고등학교를 다니면서 인생이 좀 그래졌지. 그래서 낮에는 일하고 밤에는 공부하고 그래가지고 3년을 진짜 열심히 했어.

그때 나는 학교 잘 졸업하고, 좋은 데 시집가서, 우리가 언니 집에서 살고 형부도 좀 불편하고 막 이런 생활을 했지만. 좀 있다가 생활이 좀 나아지니까 언니하고 나하고 방 한 칸을 구해가지고 같이 살게 해주고 그렇게 했으니까. 우리 엄마는 우리 언니한테 꼼짝을 못했지. 자기가 해야 될 일을 우리 언니가 해놓으니까. 내가 시집갈 때까지 언니가 데리고 있었지. 그러니까 시동생도 데리고 있다가 공부시켜서 장가까지 다 보냈어. 언니가 우리를 데리고 있으면서 만화방을 하고 그래서 그런지 몰라도 한마디로 너무 강했어.

그래서 지금 잘살지. 돈도 십 원 한 장도 그러니까 내가 월급 받아서 딱 갖다 주면 계를 붓고 용돈 얼마 딱 해서 밥은 도시락 싸주고 그리 했거든. 인제 시집가가지고 남편 만나서 이렇게 오고 그러면 좋은 거야. 우리 큰언니는 날로 그냥 자기 딸로 생각하고 막 간섭해야 되고. 내가 또 자기 밑에서 자랐기 때문에 그냥 학교, 집, 직장 왔다 갔다 하고, 살림하고, 나는 그런 것만 상상이 되니까 직장 다니다 사람 잘 만나서 결혼하고 뭐 이런 생각만 했지.

나는 내가 끈기가 없는 것 같아. 직장을 다니고 이러다가 누가 대시를 하거나 그러면 그냥 그만둬버리고. 사람이 무섭고 막 그래가지고 거기 그만두고 또 다른 직장 가야 되고. 사람이 한 우물을 파야 되는데, 뭐 길어 봐야 3~4년. 그러니까 돈을 그렇게 많이 못 모은 것 같애. 학교 다니면서 했기 때문에도 돈을 못 모왔겠지만 그래도 결혼할 때는 내가 번 돈으로 내가 결혼했으니까. 그러니까 우리 엄마도, 오빠도 그렇고 그리 생각했어. 그래서 우리 엄마는 큰언니가 너무 고마워가지고 큰언니한테 말도 크게 못했지. 자기가 해야 될 일을 막내딸을 키우다시피하고 그랬으니까.

그래서 나는 그때는 막연하게, 기본적인 거, 고등학교 정도만 나와가지고 시집 잘 가가지고 평범한 사람 만나가지고. 내가 뭐 그렇지 않은데 검사나 의사 만난다고 생각도 못하고. 그냥 평범한 사람 만나가지고 평범하게 사는 그런 것만 생각했다니깐. 그리 내가 스물두 살이 딱 되니까 시집을 보낼라고 생각을 하데. 선도 막 보이고 그렇게 했어.

라일락 그래도 언니가 대단하다. 참 대단하다!

풀잎 우리 언니만 그러는 줄 알았는데 다른 집 맏이들도 다 그런 일을 했더라고. 시골에서 제일 큰 사람이 이렇게 내려와서 자리 잡고, 그러면 동생들 데려와서 돌보고, 다 이렇게 했더라고. 우리 올케도 자기 여동생을 다 그렇게 했더라고. 그리고 형제간들 사이에서 더 잘하고.

계속 있다가 언니 집에도 애들이 크고 그러니까 방을 하나 구해주더라고. 그래도 나는 마 결혼할 때까지 언니 그늘 밑에서 편안하게 살았어.

바람결 오빠는 없었나? 언니가 제일 크나?

풀잎 아니, 큰오빠가 있었지. 그런데 자기가 부산에서는 대빵이잖아.

수다, 꽃이 되다

바람결 맏이들이 제일 한이 되는 게 많이 못 배운 거, 공부 못 한 거, 그런 거더라고.

풀잎 그래도 엄마가 겨울에 부산에 오시면 꼭 우리 집에 계셨거든. 오빠 집하고. 겨울에는 춥고 그러니까 겨울 한 달 정도는 엄마가 부산에 올라와 있었거든. 그러면 오빠 집에 가 있잖아. 그러면 나는 올케도 힘들고 그런다고 우리 집으로 빨리 모셔 와버리거든. 우리 시댁에도 아버님이 내려오시고 그러면은 딸들이 다 빨리 모시고 가고 그러거든.

　우리 친정엄마는 막내인 나한테 참 의지를 많이 했어. 그리도 우리 신랑이 우리 엄마한테 참 잘했거든. 용돈도 드리고 그러면 엄마는 시골 가서 또 뭐 부치고 그랬거든. 다른 자식들한테는 다 안 해도 나한테는 참 잘했어. 우리 엄마가 나랑은 사이가 참 좋았어.

보리 우리도 언니랑 비슷하거든요. 언니가 도와주고, 참 형부가 대단한 것 같아요. 피붙이라도 그렇게 안 하는 사람 많잖아요. 아무튼 그때는 이걸 벗어나서 착한 남자 만나서 결혼하는 게 꿈이었잖아요 나는 그래. 지금 꿈을 이뤘잖아요. 자, 언니는 그런 거 말고 언니가 뭐 되고 싶은 거 그런 거 있었을 것 같애.

풀잎 막연히 그냥 공부는……. 나도 머리가 없었는가 봐. 야간 다니고 그러면서도 억수로 노력을 많이 했던 것 같아. 주경야독 안 해본 사람은 몰라.

보리 안 해본 것들은 말하지 마.

풀잎 그래 얼마 전에 동창회에 갔는데, 어떤 남자동창이 교문에서 나를 기다리고 그리 했데. 그래서 동창회에서 나보고 내가 니 기다리고 그랬는데 니는 그것도 모르고, 막 그런 말을 하더라고. 그래가지고 막 웃고 그랬거든요.

보리 그런 거를 눈여겨볼 만한 그런 여유가 없었다 그죠.

풀잎 그렇지요. 그냥 일요일 되면 쉬고, 언니 그늘에서 그랬지요. 그러다가 신랑 만나니까 마냥 좋고 그렇더라고. 그래서 지금은 모든 거에 감사하고 엄마 대신 언니에게 잘하면서 그래 살고 싶네요. 이런 이야기도, 그자? 아무리 친한 사람이라도 안 하고 그랬는데, 이렇게 다 말하게 되네.

내 꿈은 간호장교

보리 인제 바람결 언니 이야기 한번 들어봐요.

바람결 나는 어릴 때 꿈이 뭐였더라. 초등학교 입학할 때는 우리 엄마, 아빠도 젊은 사람 하고 싶었고. 3~4학년 때는 공부를 참 잘하고 싶었고, 중학교를 가니까 우리 엄마가 자꾸 아프더라고. 학교 다닐 때 과목 중에 민주생활이라는 과목 있었나?

보리 없었는데 우리는.

바람결 과목 중에 민주라는 단어가 들어가는 과목 없었어요?

보리 없었어요.

바람결 나는 왜 그게 떠올랐노. 아무튼 그걸 가르치는 선생님이 진주에서 다니는 선생님 이었는데 피부도 뽀얗고. 그 선생님이 자기 10년 후의 모습, 이런 거를 쓰라고 하더라고요. 그래서 내가

수다, 꽃이 되다

거기다 뭐라고 썼느냐면 '현모양처' 그러고 냈는데, 선생님이 현모양처 쓴 사람들 다 나오라고 하는 거야. 그러니까 선생님 경상도 말로 "이것들아 너거들은 다 현모양처 된다. 그런 것 좀 쓰지 말고 다른 걸 쓰라"고 하더라고. 그래서 쓸 게 없어서 '간호사'라고 썼어. 그때부터 간호사가 되고 싶다고 했어. 그리고 어느 날은 또 간호장교가 되고 싶더라고.

그리고 고등학교를 가는 원서를 쓰는데 우리 아버지가 돈이 없어서 막내를 고등학교를 못 보낸다는 거야. 그런데 우리 언니가, 내가 막내 공부를 시킬 테니까 맡기라고 하더라고. 그래서 눈이 펑펑 쏟아지는 날, 언니가 버스를 타고 어디에서 내려서 어디어디로 오라는 거야. 그 전에도 방학이 되면 언니한테 찾아가고 그리 했거든. 우리 언니가 아주 부잣집에 시집을 갔더라고. 방하고 부엌이 있고, 가운데 우물이 있고, 청포도가 막 열려 있고 그랬거든. 그런 부잣집으로 시집을 가서 내가 방학 때마다 늘 놀러를 가고 그리 했거든. 우리 형부도 지금 생각해보면 업자였어. 아파트 짓는 업자 있잖아. 그래서 형부가 절대로 식당 밥을 안 먹어.

풀잎 아이구 우짜겠노.

바람결 고2 때 우리 둘째 언니가 큰 교통사고를 당했어. 다리를 거의 절단할 상황까지 간 거야. 고려병원에 있었는데 우리 5촌 당숙이 아가씨 다리를 절단하면 되겠냐고 하면서 부산에 유명한 병원은 다 갔는데, 그 병원 중에 한 곳에 순천향병원인가? 아무튼 엄청 유명한 곳에서 온 의사 선생님이 계셨는데, 자기가 자신 있다고 하시더라고. 그래서 그 언니가 그 병원에 입원하고, 나는 학교 갔다가 언니 간호를 하고 막 그랬거든. 그런데 그 병원 간호사들이 내가 간호를 하고 그러는 것이 마음에 와 닿았는지 책을 주면서 간호사 공부를 한 번 해보라고 그러더라고요. 그래서 책을 보고 그랬는데 너무 신기하고 그렇데. 그런데 내가 뭐 언니 집에 와서 고등학교도 겨우 다니는데 대학은 꿈도 못 꾸지. 그러니까 누가 간호학원을 다니라고 하더라고.

보리 그때 간호학원 많이 다니고 그랬잖아요.

바람결 맞아요, 그래서 간호학원을 가야 되나 말아야 되나 막 망설이고 있었는데, 우리 담임선생님이 니는 적성검사를 보고 이리해보니까 간호사가 적성에 맞는 것 같더라고 말을 하더라고. 그래서 내가 간호학원에 공부를 하러 다녔는데. 처음에는 엄청 많은 사람들이 공부를 시작했는데 스물여덟 명이 남더라고. 그곳에서 만난 다섯 명이 엄청 친했어. 남원 친구가 있었는데, 지금 부곡병원에 일하는 친구인데, 다섯 명이서 시험을 치고 결과를 보러 갔는데, 서로 손을 잡고 결과를 보는데, 그 남원 친구하고 나하고 두 명만 있고, 나머지 친구들은 없는 거야.

보리 결과 보러 갈 때 따로 갔어야지.

바람결 그래, 그 결과를 보고 같이 태종대를 갔어. 입장료를 못 내니까 정문으로 안 가고 저 옆문으로 갔어. 그 친구들 중에 한 친구는 서울로 도망가고, 한 친구는 어디로 가고, 다른 친구는 다음해에 시험을 쳐서 됐고. 아무튼 그렇게 돼서 내가 좋아하는 간호사를 하는데. 어떻게 하다 보니까 내가 외과 간호사가 된 거야.

그런데 내가 외과에 가서 피 보고 막 그러는 게 안 되는 거야. 그래서 내가 큰언니한테 이거 못 하겠다 하니까, "그러면 어쩔래? 약국에 근무할래?" 해서 약국에 근무를 하게 됐어.

그런데 그 약국이 저 용두산공원 있는 산만디에 있는 거야. 그리고 아침 10시에 문을 열고 12시에 문을 닫는 거야. 그런데 이 약사가 얼마나 지독한지, 우리가 가운을 가져가면 그걸 안 입혀. 자기가 딱 만든, 호주머니도 없는 가운을 입히고. 또 온 천장에 감시 카메라가 있었는데, 그것도 모르고 약국 구석에 가서 우유 한 개 묵고, 또 저 구석에 가서 박카스 홀랑 한 개 묵고 그랬어. 너무 오래 근무를 하니까, 너무 피곤해가지고 내가 막 헛소리를 하고 그렇게 되는 거야. 그래서 내가 너무 힘들어서 못 하겠다고 그만두겠다고 했는데, 그런데 약국에 들어갈 때 연대보증을 딱 세워놨더라고. 그래가지고 보니까 연대보증을 우리 형부가 선 거야. 그래도 뭐 조용히 도망을 나왔어요. 택시를 타고 막 가는데, 누가 앞을 딱 막는 거야. 보니까 세상에 우리 약사가 따라 나와가지고 있는 거야.

그렇게 또 몇 달을 지내다가 어느 날, 우리 큰언니가 또 어디 아는 병원을 소개해줘서 그 병원에 근무했는데, 그곳에서는 뭐 좀 불만이 있어도 우리 언니가 소개해줬다는 이유만으로 다 참고 근무하고 그랬어. 그러다가 우리 형부가 돌아가시게 됐는데 우리 형부가 내를 참 이뻐하고 좋아했거든. 그런데 세월이 지나면서, 우리 조카하고 나하고 9개월 차이야. 그런데 우리 언니가 정말 우리 엄마 이상으로 나를 거다주고 그랬어.

우리 조카들이 다 잘됐거든. 사위도 보고. 언니는 나를 정말 딸처럼 잘해주는 거야. 그런데 우리 언니가 시집을 살고, 남편도 맏이고, 그래서 언니가 고생을 하는 거야. 그래서 나는 절대 맏이한테 안 가고 저런 집에 시집 안 가야겠다 그런 생각을 했다니깐. 아무튼 나는 내가 하고 싶은 일을 했는 것 같애.

풀잎 그러네, 하고 싶은 거를 다 했네.

보리 그러면 언니 닝겔 꼽고 그런 거 다 하겠네.

바람결 할 때는 다 했지. 내가 우리 애들 아프고 그러면 내가 다 했거든. 의료법 바뀌기 전에는 모든 걸 내가 다 사주고 그랬는데.

수다, 꽃이 되다

의료법 바뀌고 나니까 못 했고. 화명동으로 이사할 때 우리 아버님이 "이 동네에서는 니가 다 주사도 놔주고 그랬지만은 화명동으로 가면 니 직업은 잊어버리라"고 하더라고. 잘못하면 큰일 난다고 하시더라고. 지금은 또 이렇게 처치하고 그런 게 다 바뀌고 그래서 하면 안 되고 그래. 나는 내가 하고 싶은 걸 했다.

풀잎 그래 꿈을 이뤘다.

봄눈 우리 때는 꿈 이런 게 없었던 것 같아요. 그냥 오늘 살고 내일 살고 해 뜨면 아침이고 그런 것 같아요.

보리 그래도 뭐 이런 인생을 살고 싶다 뭐 그런 거는 있잖아요?

나무 맞아요. 그게 뭐 직업은 아니더라도.

보리 햇살은 어땠는데?

엄마가 정해놓은 꿈

햇살 어릴 때 그런 이야기는 많이 들었거든요. 꿈이 뭐냐고 그런 이야기들. 꿈을 많이 꿔야 된다. 그런데 정작 제가 그렇게 꿈을 안 꿨던 것 같아요.

　나는 어렸을 때 엄마의 기대가 되게 컸어요. 엄마 아빠가 되게 젊고 그랬는데 아빠도 공부를 잘하고 엄마도 공부를 잘했다고 그러더라고요. 그러니까 둘에서 태어난 니는 정말 잘 할 것이다 그런 기대를 했겠지요. 그런데 엄마의 기대치가 너무 높아가지고. 그러니까 내가 꿈이라는 게 뭔지 알기 전부터 엄마는 미리 꿈을 정해놨어.

보리 그게 뭔데?

햇살 항상 교사였어요. 그래서 뭐 따로 뭐 그런 생각은 안 해봤고 아. 선생님이 되어야 되는갑다. 그런데 선생님이 될 수 있을까? 될 수 없을 것 같아. 이런 생각을 좀 했던 것 같아요.

보리 왜 될 수 없다는 생각을 했어요?

나무 그러니까 자신감이 없었다는 거지? 엄마의 기대치가 너무 높으니까. 우리가 1등 했으니까 느그도 당연히 1등 해야 된다. 뭐 그런 게 있었지.

라일락 아! 1등 하니까 생각이 나네. 우리 막내가, 즈그 아빠가 텔레비전 보고 있는데 옆에 와서는 "아빠 내 학교에서 체력 테스트 같은 거 했는데 악력 1등 했데이" 그러는 기라. 그래서 내가 "지금 누가 그런 1등 하라 했나" 하니까 "엄마 그거라도 1등 한 게 어디고" 그러더라고. 그러니까 막내는 나이가 좀 있어도 확실히 막내는 막내야, 막내! 내가 막내니까 그런 말을 해도 넘어갔지. 큰딸이 만약에 그랬으면 죽었지, 죽었어. 아무튼 얼마나 어처구니가 없던지. 어쨌든 1등 했다는 그 말에 내가 너무 웃겨서, 1등이라고 하니까 그 생각이 나네.

바람결 우리 아들 학력고사 성적을 딱 받아놓고 "엄마 집에 가면 놀래지 마세요" 전화가 왔어. 순간적으로 가슴이 탁 내려앉더라고. 그래서 "아들아 그래도 다른 데 가지 말고 엄마가 기다리고 있으니까 집으로 와" 그랬더니 집으로 왔어. 집으로 와서 가방을 내려놓더니 "엄마 아무래도 이상해. 내가 내 아닌 것 같아." "왜? 엄마는 그래도 통화하고 나서 딴 데 안 가고 집으로 와줘서 너

수다, 꽃이 되다

무 고마운데, 엄마는 니가 집에 들어온 것만 해도 감사한데 왜?" 하니깐 성적표를 탁 꺼냈는데 그걸 보고 내가 "참 가문의 영광이다. 니 때문에 43명이 얼마나 마음이 편했겠냐" 하고 말하고 나서, 지하고 내하고 안고 울었다 아니가.

보리 하하하하.

바람결 왜 웃는데? 정말로 안고 울었다니깐 우리 둘이.

보리 너무 지혜롭게 잘 넘어갔다 언니.

바람결 내가 이거를 어디 가서 이야기하겠노? 막 울고불고한 거를. 내가 그래서 우리 아들한테 "엄마는 아무것도 안 바란다. 대자만 들어간 데만 가면 된다. 대자만! 그러면 엄마가 그것만으로 참 고맙고 감사하게 생각하겠다" 그랬는데 며칠 있다가 "아이구 우리 가문의 영광 아들 왔네" 그랬더니 "엄마 놀리지 마세요" 그러더라고. "왜 그러는데?" 그러니까 "엄마가 내 꿈을 한 번 꺾었잖아요" 그러는 거 있제? 그래서 내가 "뭔 꿈?" 하니까 이야기를 하더라고.

우리 아들이 축구를 좋아했는데, 그때는 키도 작고 그래서 안 되겠다 싶어서, 코치가 와서 키워보겠다 했는데 내가 안 보냈거든. 우리 아들은 그냥 지가 못 해서 그만뒀는지 알고 있었는데, 그걸 알아버린 거야. 그래서 "엄마 나 공부하기 싫어요." 그래서 막 시험을 쫙 쓰고 나니까 5분도 안 걸리더라대. 그런데 우리 아들 친구들은 다들 공부를 잘해. 그래서 시험이 끝나고 나면 그 엄마들이 막 전화를 한다. "언니가? 이번에 우리 아들이 뭐 번호를 잘못 적어서 이렇게 되고 저렇게 됐다"고 전화를 걸어서 한참 이야기를 한다. 그러면 내가 "느그 아들은 몇 개 틀렸는데?" 물어보면 "두 개". 그래서 내가 "우리 아들은 두 개 맞았다"고 하지.

모두 (박장대소) 하하하하.

바람결 그래도 성적을 떠나서 엄마들하고 만나면 참 재밌데. 그래도 건강하면 좋다.

풀잎 그래도 성격 좋지, 노래 잘하지. 나는 잘 몰랐는데 ○○고 누구 하면 다 알 정도로 유명하데. 그러면 되지 얼마나 좋노. 우리 딸이 "엄마 그 오빠야 알아요?" 이리샀는 기라. 그래서 "아는데 왜?" 했더니 인기가 그리 많다는 기야. 노래 잘하고 잘 생겼다고 그러더라니깐.

보리 언니는 아들이 신체조건이 안 좋다고 생각해서 운동을 안 시킨 거예요?

바람결 응 그때는. 내가 스무 살 때 키가 컸잖아. 그래서 그런지 우리 애가 키가 작다 아니가. 체력 하나는 끝내주는데. 축구할 때 그 긴 시간을 물 한 방울을 안 묵고 공을 차는 기라. 그랬는데 그냥 내가 뒷바라지하기도 힘들고 그래서 다 치웠지. 그런데 요즘 우리 아들이 뭐라는지 아나? 지 꿈을 위해서 코치를 한다네, 코치. 아무튼 그러니까 여러분들은 아들딸 꿈을 꺾지 마세요. 알겠지요?

모두 네~~

한사람 꿈은 별로 없었는데 내가 애들을 되게 좋아했거든. 조카들도 좋아하고 그래서 교사가 되면 좋겠다고 생각했는데 공부는 별로 안 좋아했던 것 같아. 그래서 중학교 갈 때가 돼서 "니 중학교

수다, 꽃이 되다

갈래?" 그랬는데 내가 안 간다고 했어. 나는 공부가 싫어서. 뭘 공부를 또 해 이런 생각을 했는데…….

나무 진짜 심하네. 중학교 때 공부가 싫어서 학교를 안 간다고 하다니!

한사람 근데, 학교에 갔는데 중학교 안 간다는 애들이 없는 거예요. 교실에서 판단이 딱 되는 거야. '엄마야, 중학교 가야 되는갑다.' 나는 다 안 갈 줄 알았거든.

모두 하하하하하.

한사람 그래서 집에 와서 엄마한테 다시 이야기했잖아. 엄마한테는 중학교 안 간다고 이야기했었거든. 그래서 엄마가 "가기 싫으면 가지 마라" 그랬는데 엄마한테 "엄마 내 중학교 안 갈 애들 손 들라 했는데 손 못 들었다. 중학교 가야 되겠다." 그러니까 또 엄마가 "알아서 해라" 그러는 거야. 그래서 중학교를 갔지. 중학교를 가고 고등학교를 가고. 이러는데 중학교 때 제가 악기를 했었어요.

보리 부잣집 딸이었어?

한사람 부잣집은 아니었는데, 학교에서 합주 이런 거. 우리 음악 선생님이 현악 선생님이었거든요. 그런데 그 선생님이 "첼로를 전공으로 해라." 그러는 거야. 그런 생각을 가지고 고등학교를 갔거든. 그런데 내 생각이 현악을 하면 돈이 많이 들잖아요. 시골 집에서 내가 피아노 배운다 해도 엄마가 돈도 안 주는데 어떻게 첼로를 하겠노? 그런 생각이 들었어.

풀잎 철이 그때부터 들었는가 보다.

한사람 철이라기보다 눈치가 좀 있었던 것 같아. 아무튼, 악기는 안 하고 학교는 갔어요. 그래서 늘 엄마가 하는 말이 "니는 중학교도 안 간다는 애가 대학까지 가고" 그랬다고 그래. 나는 꿈은 아니고 사람들 만나는 거를 참 좋아하는 것 같아.

라일락 나는 대학을 왜 안 갔을까.

한사람 나도 갈 생각은 없었어. 그냥 남들이 다 가니까 따라갔다니까. 그런데 우리 엄마가 좀 그런 생각이 있었던 것 같아. 우리 언니가 우리 동네 최초로 대학을 갔거든.

풀잎 그때는 여자들 대학 잘 안 보냈거든.

한사람 그래 그렇게 언니를 보내고 4년 정도 뒤니까, 엄마도 보내야 된다고 생각하고 보내고, 나도 가야 되는 줄 알고 갔어요. 나는 아무튼 하루하루 노는 게 재미있었던 것 같아요.

보리 학교, 그것도 부모 영향이 크긴 큰 것 같아요.

바람결 맞다. 그 말이 다 맞다. 맞아.

풀잎 나는 좀 양심이 없나 봐. 내가 대학도 안 가고 공부도 안 했으면서 느그는 무조건 해라, 무조건 해야 된다, 그러거든. 내가 못 했으니까 무조건 해라 그러거든.

라일락 그래도 어느 정도 따라 주니까 하지. 나는 시험기간이 돼도 마 그냥 하면 하는 대로 두지, 막 해라, 그렇게 억지로는 못 시키겠더라고.

풀잎 우리 애들도 시험기간이라고 안 자고 있고 그러면, 엄마가 그러면 부담스럽다고 자라고 하데.

라일락 그래. 엄마들이 애들 시험기간 되면 안 잔단다.

수다, 꽃이 되다

한사람 우리 아버지는 자기가 일해서 일 년 동안 돈 벌어서 공부하고 또 공부하고 그런 사람이었거든요. 그런데 우리는 놀면서 공부를 안 하잖아. 놀면서 안 한다고 내 그러시는 거야. 나는 정말로 그거 듣기 싫었어.

바람결 그래 시골에는 다 그렇지. 내가 어릴 때 제일 많이 들었던 말이 '뭐시기 저 집 아들은 서울대 시험 쳐서 떨어졌다더라' 그런 말이었어.

한사람 그래. 그러니까 나는 내 애한테 그런 말을 하기 싫은 거예요.

보리 우리 애들은 나중에 그러는 거 아니가. '우리 엄마가 그때 그 이야기만 해줬어도 내가 정신을 차리고 공부했을 낀데' 막 그러는 거 아니가?

바람결 그래. 애들 공부할 때 엄마가 밤샘을 하고 옆에서 지키고 그렇게 해야 되는데. 그런 엄마들도 많은데. 그자?

모두 그래 그래.

라일락 맞다, 우리 친구 하나는 그런다대. 텔레비전 보고 있다가 애가 오면, 탁 끄고 안 본 것처럼 책 읽고 있대. 그리고 애가 공부할 동안 밖에서 책 보고 있고 그런다네.

모두 진짜 대단하다. 대단해.

보리 우리 중에 제일 꿈이 있는 나무가 한 번.

종군기자가 되고 싶은 나무

나무 저는 어릴 때 종군기자가 되고 싶었거든요.

보리 우리는 어릴 때 6·25 말고는 전쟁이 없는 줄 알았는데.

나무 텔레비전을 보는데, 여자는 없고 남자가, 막 뒤에 폭탄이 터지는데, 지금은 국제법상 기자들은 보호받고 그러는데 옛날에는 그런 기 어디 있노. 막 폭탄이 터지는데 막 그걸 방송하고 그러는데 너무 멋진 거예요. 그래서 나는 종군기자가 꿈이었어요. 그래서 엄마 아빠한테 말했는데 엄마 아빠가 들어보니 너무 얼척도 없고 듣도 보도 못한 걸 한다고 하니까. 의사, 법관 그거 딱 두 개만 생각하셨던 것 같아요.

그래도 뭐 그렇게 하디 말디 원래 남의 말을 잘 듣는 성격이 아니니까 그냥 종군기자 해야겠다, 딱 그렇게 생각했지요 뭐. 시골에는 학생이 많이 없잖아요. 우리도 3반까지만 있었거든요. 그래서 공부 잘했어요. 초등학교 때 1~2등, 중학교 때 1~2등 그랬거든요. 그래서 고등학교를 ○○로 유학을 보낸 거야, 유학을! 그래서 기자는 국문과나 신방과를 주로 나오는데, 나는 국문과를 가야겠다, 뭐 그런 생각으로 ○○로 고등학교를 갔지.

바람결 그때 ○○로 갔으면 대단한 거 아닌가?

나무 완전 미친 거지. 그냥 ○○에 있었으면 좋았을 걸 한번 잘 키워볼 거라고. 그때만 해도 그 중학교에서 ○○에 몇 명을 보내느냐가 교장 선생님의 능력이고 뭐 그랬거든. 암튼 안 갈 학교를 간 거야. 그냥 시골에 놔뒀으면 잘 컸을 낀데. 아무튼 그래가지고 ○○를 간 거야.

그런데 내가 중학교 2학년 때 아버지가 돌아가셨잖아요. 그런데 나는 아버지가 나한테 굉장히 큰 의미였거든요. 누구나 그렇지만 내 정신적 지주였고 그랬는데 제가 좀 방황했던 것 같아요. 제가 생각하는 저는 늘 소나무 밭에 누워 있고 연극 보러 다니고 막 그랬던 것 같아요. 그때 유학 간 도시에 문화회관이 있었는데 그곳에 뭐만 오면 다 보러 가는 거야. 연극도 많이 보고. 그러면서 약간 뭐랄까, 인생이 허무하다 해야 되나? 도서관에서 늘 책만 보고 수학 같은 과목이 너무 안 맞고 그래서 한문 문학 국어는 다 만점이야. 수학 과학 뭐 그런 거는 갠또가 시험성적을 좌우하는 그런 실력이었지. 지금 같으면 좋은 대학 갔을 거야. 지금은 잘하는 과목 몇 개만 있으면 되니까.

그런데 옛날에는 안 그랬잖아. 총 점수로 대학을 가니까. 아무튼 그래서 원하는 대학에 떨어지고. 남동생이 연년생으로 있어서 재수도 못하고. 그래서 그냥 갔는데 약간 자포자기했던 것 같아. 안 좋은 대학을 가도 열심히 하면 기자도 될 수 있고. 그런데 뭐라고 해야 하나. 내가 한 번 딱 꺾인 것 같아. 그리고 말해주는 사람도 없고. 아버지 딱 한 명이었는데……. 그리고 내가 남의 말을 잘 안 들으니까. 큰아버지나 작은아버지 말도 잘 안 들으니까. 나는 내가 믿는 사람만 들거든, 말을. 딱 할아버지 아버지! 그러니까 마구 방황의 세월을 보낸 거지. 온 천지 산으로 돌아다니고, 카메라 메고 다니고 그랬지.

보리 엄마가 얼마나 속이 상했겠노.

나무 엄마는 내가 눈에 안 보이니까, 그러니까 마 괜찮지.

보리 맞네, 맞아.

나무 그런데 막 빨간 머리 노랑머리 하고 다니면 엄마가 머리에 불

지른다고 집에 오지 말라고, 남사스럽다고 막 그랬지. 그런데 같이 유학간 친구 놈 중에 한 놈이 서울대를 간 거야. 그러니까 엄마는 좀 화도 나고 그랬지. 그러니까 맨날 남사스럽다고 했지. 그러니까 나는 배낭 메고 온 천지를 다니는 거야. 저 보길도고 어디고 맨날 그냥 그렇게 다닌 것 같아. 그러니까 꿈이 꺾인, 아무도 안 꺾었는데 나 혼자 꺾였다, 생각하고 그렇게 산 거지.

보리 그래도 좋았다. 잘했다.

나무 지금 생각하면 좋았던 것 같아요. 저 땅 끝에서 이렇게 올라오면서 걷고 그랬으니까. 여자애가 겁도 없이 아무 차나 타고 그러니까 세상에 무서울 게 없었던 것 같아요. 그런 기질은 아버지를 닮은 것 같아요.

보리 아버지의 죽음 말고 뭐 두려운 게 있었겠노. 그런 아버지가 죽었으니 두려운 게 없지.

나무 지금 생각해보면 그럴 필요가 없었는데 그냥 그랬었던 것 같아요. 인생의 길이 많은데 그걸 몰랐던 것 같아요. 세상을 보여줘야 되는데. 그래서 항상 뭐 글 쓰고 이런 언저리를 맴돌고 있어요.

바람결 마을 기자다 아니가.

모두 맞다. 맞다.

나무 나는 그런 생각이 좀 들데. 세상을 보여주는 게 부모인데 그걸 안 보여주고, 아니면 그걸 보여줄 선생님을 만나게 해주던지. 그게 안 됐던 것 같아요.

라일락 그냥 딱 대학 보내는 게 자기 할 일이라고 생각한 것 같아,

수다, 꽃이 되다

부모들은.

나무 그래. 내가 대학 떨어지고 집 밖에도 못 갔다니까. 친구는 서울
대도 갔으니까 어떻겠어요? 지금 생각하면 그럴 필요가 없었는
데 그랬다니까.

보리 와~ 시간이 진짜 많이 흘렀네요. 진짜 많은 이야기를 했네요.
그러면 오늘은 이것으로 마무리를 하고요. 오늘 고맙습니다.

알도

보리 도서관에 친구에 관한 그림책이 많이 있는데 그중에서 오늘 볼 책은 『알도』입니다. 존 버닝햄이라고 하는 유명한 영국의 그림작가예요.

『알도』 읽어줍니다.

보리 야~ 가슴이 뭉클해지네. 알도가 날 도와주지 못할 때도 있지만 그래도 뭐 알도는 특별한 친구인걸. 도와주지 못할 때가 이런 땐가? 어떤 생각이 떠오르세요?

풀잎 너무 슬프다. 마음으로.

보리 잘 생각해보면 우리 모두 외로운 거 아니에요? 우리가 지금까지 쭉 30년에서 50년 가까이 살면서 사실은 내 피붙이 말고 내 마음을 전하거나 나누거나 그런 친구 한 명쯤은 있는 거 같아요. 그래서 한번 마음을 더듬어보면서 오늘은 내 친구 이야기를 해보려고 해요.

여기 나오는 알도는 어떻게 보면 현실적으로 있거나 그런 친구는 아니잖아요. 나만의 좋은 친구, 애들은 어렸을 때 설정으로 인형을 자기 친구라 하고 그러잖아요. 그 시절에 딱 만난 친구, 그 친구와 잊을 수 없는 어떤 게 있을 거고, 지금까지 이렇게 쭉 살면서 늘 일상을 얘기하고 위로받고 이런 친구도 있을 거고. 한 번도 안 만났지만 늘 거기 있다고 생각하고 위로가 되는 친구도 있잖아요.

아줌마들한테 친구는? 남자들은 친구 이야기 많이 하잖아요. 남자들이 우리를 공략할 때 그런 이야기하잖아요. "너거들은 우정이라는 것도 없잖아" 실제로 우리가 의리나 우정이 없나 생각해보면 그런 거 아니잖아요. 우리는 시절 친구들이 많잖아요. 어릴 때는 막 다투던 친구도 있고, 커서는 시어머니 욕하는 친구도 있고, 아련한 추억 속에 있는 친구도 있고. 친구는 많은데…… 그림처럼, 영화처럼 친구가 막 지나가죠. 내 친구 이야기! 라일락 언니는 친구 이야기 한다고 하니까 와 저렇게 어먼 일을 하고 있노.

라일락 노래교실에서 노래를 배웠어요. 근데 친구를 주제로 한 〈천년지기〉란 노래를 배웠어요.

모두 한번 해봐요. '정말 좋은 친구야~' 이렇게 불러요?

보리 〈천년지기〉 들어보겠습니다.

라일락이 〈천년지기〉 노래를 부릅니다.

내가 지쳐 있을 때
내가 울고 있을 때

수다, 꽃이 되다

위로가 되어 준 친구

너는 나의 희미한

너는 나의 보배야

천년지기 나의 벗이야

친구야 우리 우정의 잔을

높이 들어 건배를 하자

같은 배를 함께 타고 떠나는 인생 길

네가 있어 외롭지 않아

너는 정말 좋은 친구야

너는 정말 좋은 친구야

모두 짝! 짝! 짝!

보리 자, 어느 분이 먼저 시작해볼까요?

　저는 오늘 친구가 참 많구나, 이런 생각을 했어요. 어떤 친구가 있을까 생각하다가 저는 혼자 있는 것을 잘 안 했던 거 같아요. 늘 옆에 누군가 있고, 어릴 때만 해도 떨어져라, 떨어져라, 해도 몰려서 다니고 그랬던 거 같아요. 중학교 올라가면서 낭만적이고 잘난 척하고 그러기도 했는데.

둑길을 걸으면 생각나는 친구

　그 친구가 초등학교 때 이사를 왔어요. 우리 동네로 이사를 왔어요. 그런데 우리는 막 시끄럽게 말하고 그러는데 그 친구는 서울말 비슷한 걸 하더라고요. 어거지로 말하는 거지. 피부도 뽀얀 거야. 그런데 그 집에 놀러 가면 엄마가 만두를 해주는 거예요. 식구도 많고. 만두를 해 먹어요. 만두도 크게, 이만한 거 하나면 충분해요. 그런데 우리 집은 만두를 안 해 먹거든요. 그래서 너무 신기한 거야. 집에 와서 "엄마, 그 집은 만두를 해 먹는다. 우리도 만두 해 묵자" 했지. "아이고 만두, 그런 집이나 하는 거지. 난 할 줄도 모른다" 막 이라면서 그냥 들은 척도 안 하데요.

만두 속에 뭐 다른 것을 넣은 것도 아니고 김치 넣고. 집에 손들이 많으니까 그냥 하는 거야. 어릴 때 막걸리 심부름을 많이 갔는데, 그렇게 가면 "아이고 놀다 가라~." 이러면, 막걸리 받아서 가야 되는데 친구를 만나서 놀기도 하고 그랬어요. 그 친구 할머니집에서 막걸리를 팔았거든.

그 친구가 뽄 직인다고 우리 동네 강둑길을 자주 걸었어요. 학교 갔다 오는 길에. 책가방 들고. 시니, 문학이니, 우리는 다음에 어떤 남자를 만날까로 시작해서 오만 소리를 다 했어요. 지금 생각하면 죽이 너~무 잘 맞는 거야. 늘 붙어서 그 많은 이야기를 했어요. 그런데 너무 이상한 거예요. 연락이 딱 끊긴 거야. 그렇게 진짜 죽고 못 살던 친구였는데. 부모가 같은 동네에 사니까 알라면 알 수도 있을 건데. 연락이 뚝 끊겼는데 서른 중반쯤에, 제가 둘째를 낳고 난 다음에 ○○에 그 친구가 산다는 거야 ○○에서 시어머니 가게에서 같이 장사하고 살더라고. 아줌마가 다 됐더라. 문학과 사랑과 좀 전에 얘기했던 그런 것을 나누던 사이

수다, 꽃이 되다

인데. 그리고 가게를 하니까, 옛날에는 그래도 좀 예뻤는데 바짝 말랐다는 생각이 드는 거지. 그런 친구를 다시 보게 되니까 진짜 가슴이 먹먹하기도 하고. 나도 별로 잘사는 것은 아니지만 힘들어 보였어. 여기 안 올 걸 그랬다, 돌아오면서 그런 생각이 드는 거야. 아프고 무거운 사랑만 있는 게 아니고 아프고 무거운 우정도 있구나.

시골에 가서 가끔 그 둑길을 걸어보면 그 친구가 생각나고, 또 그때의 추억들도 생각이 나고 그래요.

봄눈 나는 중고등학교 때 진짜 친한 친구가 있었거든요. 한 5분 정도 거리에 살아가지고 학교에 아침저녁으로 늘 거의 6년을 같이 가고 같이 오고를 했어요. 심지어 같은 중학교, 같은 고등학교를 다녔어요. 그리고 짝지도 많이 하고.

아직도 생각이 나는데, 그 친구가 큰 도시락을 싸오는데 밥을 먹으려면 꼭 나눠가지고 먹는 거예요. 먼저 젓가락으로 밥을 딱 갈라. 반 가르고, 또 가르고. 가르면 네모난 모양이 여덟 조각이 되는데 그 친구는 그것을 꼭 한 덩이씩 먹었어. 그 큰 덩이를. 입도 크다. 왜 밥을 저렇게 먹어, 생각을 했죠. 지금도 보고 싶은 친구가 있느냐 하면 그 친구가 보고 싶은데, 연락이 어느 때부턴가 끊겨가지고……

그 친구도 결혼해서 아이를 둘 낳고, 나도 둘 낳고 한 번 딱 봤는데 그 후로 연락이 안 돼. 그때 봤을 때 신랑이 사업을 하는데 잘 안 돼가지고 친정에 잠깐 왔다 하더라고요. 지금도 수소문해서 만나보고 싶은 친구는 그 친구인데, 약간 두려움 같은 게 있어요. 군이 찾아보고, 찾아서, 애써서 만나면 옛날에 좋은 추억이 깨질까 봐 보고 싶다 만나서 확인하고 그러고 싶지는 않아요. 보고 싶으면 간절해야 하는데, 안 보는 게 내가 그 추억을 오래도록 기억하고 간직하고 그럴 수 있을 거 같아요.

미안했던 친구

한사람 나는 가까운 친구는 아닌데 미안한 친구가 있어요. 나도 복이 많았는지 친구가 별로 없었던 적이 없었던 것 같아요. 아니면 내 성격상 별로 혼자 있는 걸 안 좋아하다 보니까 늘

수다, 꽃이 되다

혼자가 아니고 여러 명 속에 내가 한 명일 때가 많았어요. 생각해보니까 초등학교 때 친구들이 제일 가리는 게 없고 잘 어울려 놀았던 거 같아요. 그때는 노는 게 다잖아요. 여름방학이 되면 우리 마을에 강이 있었거든요. 강 옆에 과수원도 있었어요. 애들이 아침부터 만나가지고 멱 감고 놀다가 배고프고 하니까 복숭아밭이 있었거든요. 아저씨한테 "얼마치 주세요"해서 사 와서 먹고 그랬어요. 그리고 또 하루 종일 놀았어요.

제 친구 중에 전학 온 친구가 한 명 있었어. 과수원집 딸이었거든. 처음에는 또 의협심이 발동을 하잖아. 챙겨줬지. 그래가지고 잘 모르니까 나한테 이것저것 이야기를 하게 됐지. 어느 날 자기 집에 놀러 오라고 하는 거야. 그래서 처음으로 초대받아 갔지. 사실 초등학교 때 과수원 잘 모르잖아. 사과밭도 있고 과일도 너무 맛있고 너무 좋았어. 어쨌든. 그런데 친구들이 봤을 때 궁금해서 물어보잖아요. 어쨌거나 전학을 온 거니까. '전학 온 집 갔다 왔나?' 그렇게 물어본 거야. 왜 그랬는지 모르겠는데 내가 엉뚱한 말을 했어. 좋았는데도 불구하고. 그 친구를 독점하려는 마음이 있었던가 봐.

"아~ 과수원이 똥냄새도 나고 마~ 별 놀게 못 되더라"그렇게 얘기를 해버린 거지. 그런데 그것을 그 친구가 들어버린 거지. 그래서 사이가 좀 소원해져버렸어. 껄끄럽고 계속 마음에 걸렸는데, 그 애가 계속 있었으면 내가 만회할 수 있는 기회도 있고 이랬을 텐데, 이사를 가서 전학을 가버렸어.

초등학교 6학년 때 생각해보면 친구들 네다섯 명. 그때는 총사라는 게 있었거든요. 삼총사, 사총사. 아~ 오총사.

우리는 사총사였는데 막 어울려 다니면서 불의를 보면 참지 못하고 그래 다녔지. 우리 반에 남자애가 집도 부자고 똑똑하고 그런 애가 있었거든. 그 애가 전교회장에 나오게 된 거야. 그런데 영점 몇 차이로 전교회장이 못 됐어. 그런데 우리 동무들이 그림을 사실 좀 그리는 편인데 그 사람이 그러더라고. 2학기 때는 성적 이상으로 미술을 보고 뽑는다는 거야. 우리가 미술부이기도 하고, 나는 점수를 모을 수 있잖아. 뭐 최우수작품상 이런 거도 받고. 그런데 내가 불의를 못 참고 거기에 반대를 한 거야. 그러면 안 돼요, 막 그렇게. 그때는 직감적으로 욱하는 심정이 있었는가 봐. 꼭 해야 한다는 그런 걸로. 하여튼 그 애가 2학기 때 전교회장이 못 됐어. 그 남자애가 나를 겁내 하고 그런데도 나는 친구들이 있으니까 별로 겁나지 않았던 거야. 몰려다니는 친구들이 있으니까. 내 잘난 맛에 다니다가 전학 온 친구를 그때 2학기 때 만나면서 미안한 마음을 알고 후회가 되는 부분도 있어.

지금 생각하면 어릴 때 많이 놀았던 친구들과 미안한 친구가 있어요. 알아볼 수 있는 방법이 없더라고요. 중학교 올라가면서 그 친구를 한 번 만날 수 있어서 사과를 할 수 있으면 참 좋겠다, 이런 생각 했는데 알 수 있는 방법이 없더라고요. 잠깐 있다가 전학을 가버리니까 알 수가 없더라고요.

놀았던 기억밖에 없어

풀잎 나는 후회하는 친구는 없는 거 같은데 저번에 동창회 가가지고 친구들을 만났는데 그렇게 좋더라고. 그런데 진짜 친했던 친구가 있었는데 아무도 모르는 거야. 진짜 이뻤어. 그런 친구도 있었고. 뭐 직업도 다양하고 막 재밌더라고. 만나고 나니까 옛날 생각도 나고. 그런데 친구들이 나는 다 알아보는 거야. 그렇게 하나도 안 변했다 하는 거야. 내가 똑같은가 봐, 그때하고.

아무튼 그때는 논다고, 매일 논다고 공부를 안 했던 것 같아. 아무튼 맨날 놀았던 기억밖에는 없어. 그래가지고 왜 옛날에는 나머지공부라는 게 있잖아. 구구단 같은 거 외우다가 못 외우면 남아서 외우고, 또 공부도 하다가 안 되면 나머지공부 하고 아무튼 나는 늘 나머지공부를 했던 것 같아. 좀 느리고 그랬던 것 같아. 그래서 하다가 어두워지기도 하고 그랬던 기억이 나는 것 같네.

나무 초등학교 때 친구들하고 진짜 많이 놀았어요. 특히 남자애들하고 많이 놀았던 것 같아요. 왜 그랬는지는 잘 모르겠는데 아무튼 여자애들하고는 뭐가 잘 안 맞았던 것 같아요. 그래서 남자애들하고 모여 다니면서 축구도 하고, 술래잡기도 하고 그랬어요. 신발 숨기기 놀이를 하는데 나는 정말로 나무를 잘 탔거든요. 그래서 술래가 보는 앞에서 나무를 타고 저 꼭대기에다 신발을 걸어놓고 내려오는 거예요. 그러면 신발이 보이지만 못 찾으러 가는 거야. 거기는 나만 내릴 수 있는 곳이야. 그렇게 한참 있다가 그 애가 포기하고 내려달라고 하면 그때야 내려주고 그랬다니깐. 그러고 놀았어요.

늘 그렇게 놀았는데 여고를 가게 된 거예요. 여고에 적응이 안 돼. 여자애들은 막 짝을 지어서 화장실도 같이 가고 그렇게 하는데, 나는 그런 게 없는 거야. 너무 적응도 안 되고. 아무튼, 그랬다가 대학 때도 방학만 되면 어릴 때 친구들 만나서 놀고 술 진탕 먹고, 다음 날 다들 사우나에 가는데, 사우나에 가면 남탕, 여탕에 들어가잖아요. 그러면 내가 여탕 쪽으로 가면 '야, 너 어디 가냐? 하고 놀렸을 정도로 남자애들하고만 놀았지. 남녀 구분 없이 놀았지. 바닷가에서 모닥불 피워놓고도 많이 놀았던 것 같아요. 꼬챙이에다 쥐포 끼워서 구워먹기도 하고 그러면 어른들이 지나가다가 '불 잘 끄고 가라~' 그러시고 그랬던 것 같아요.

오늘이 나는 어렸을 때부터 목화도 따 먹고, 요즘 음료수 댈 게 없다. 가지도 크기 전에 요만할 때 따 먹으면 얼마나 맛있는데.

보리 생거를?

오늘이 응 생거. 목화도 따 먹고 참외도 따 먹고 고구마도 남의 것 캐가지고 손으로 이리 문대가지고 비어 묵고 그랬지.

풀잎 나는 그런데 무를 그렇게 좋아했어요. 무를. 시골 가면 뭐가 많이 있잖아. 고구마도 있고 그런데 나는 정말로 무가 좋아. 무가 그게 그렇게 좋아.

오늘이 그래 그 목화가 나중에는 하얗게 피잖아. 하얗게. 그런데 그게 피기 전에 딱 올라왔을 때, 그때가 딱 맛있는 거야, 그때가.

수다, 꽃이 되다

나무 그때는 그거는 먹으면 안 되는 거잖아. 솜이 되야 하는 거니까.

오늘이 안 되지. 그렇지만 어릴 때 그런 게 어딨노. 맛있는데.

미운 친구, 보고 싶은 친구

바람결 친구 생각하면 가슴이 쩡하고 보고 싶고 그럽고. 막 여러 가
지 친구 유형이 있는데, 미운 친구도 있고 그렇잖아요. 미운 친
구 이야기 한번 해볼게요. 지금도 만나면 딱 한 마디 '너 그때 왜

그랬어? 하고 물어보고 싶은 친구야. 그 친구 지금 ○○에서 산
다 하데. 뭐 그렇게 친한 친구는 아니야. 왜 항상 같이 어울리면
되잖아. 그런데 꼭 같이 노는 친구를 데리고 나가. 무슨 이야기
를 했는지, 내 친구가 나하고 말을 안 해. 안 해. 그러면 내가 가
슴이, 속이 타는데 늘 상처를 주고받아.

아침에 학교 딱 가면 간식도 주고 하는데 이 친구가 방해를
놓으니까 쪽지도 주고받는 그 친구가 끝내 중학교 졸업할 때까
지 말을 못 했어. 그 친구가 왜 그렇게 힘이 있었냐 하면 엄마가
무당을 했어. 무당을 하니 늘 먹을 게 많잖아. 나는 내가 학교에
겨우 가져가봤자 고구마밖에 없잖아. 그 친구는 그 귀한 과일이
며 음료수를 늘 가져오니까 그 애한테 섭섭히 할 수가 없잖아.
그래도 그 친구랑 졸업할 때까지 말을 못하다가, 나이가 들어가
지고 소식을 들어보니까 ○○에서 의료 매장한다고 하데. 정말
궁금한 친군데. 그리고 그 정말 아까 말했듯이, 너 왜 그랬어? 하
고 물어보고 싶어.

그리고 한 친구는 보고 싶은 친구야. 눈만 뜨면 내가 그 친구
집에 가서 살았어. 밥도 그 집에서 먹고, 잠도 그 집에서 자고. 어
느 날 이사를 간다는 거야. 이사를 간다 하니 그 집에 가서 마구
울었어. 가지 말라고. 그 집이 이사를 가고 나서는 지금까지 어
디서 어떻게 무엇을 하고 사는지 아는 사람이 아무도 없는데, 내
가 삼십 대에 소식을 잠깐 들어보니까, 그 집에 엄마, 아버지, 언
니, 오빠가 다 돌아가시고 내 친구만 어찌어찌 살고 있다는 소식
을 들었는데. 그 친구를 아무도 아는 사람이 없어. 그 친구는 보

수다, 꽃이 되다

고 싶어. 아까 그 친구는 미운 거고.

또 초등학교 때는 내가 키가 참 작았거든. 가방을 메면 이렇게 땅에 끌렸어. 우리 엄마가 학교가면 딱 따바리를 해 줘. 이고 다니라고. 처음에는 학교 다닐 때 뭣도 모르고 들고 다녔어. 그러면 친구들이 자꾸 내가 작다고 놀리데. 내 친구가, 키 큰 친구가 늘 학교 갈 때마다 내 가방을 들어주러 오는 거야. 그 친구는 정말로 나를 위해줬어. 산에 나무를 하러 갈 때 내가 못하면 자기 것 먼저 해놓고 내 것은 내가 들고 갈 수 있게 딱 묶어놓고, 바다에 경조개를 잡으러 가면 자기 것은 한껏 해놓고 난 못 한다고 내 것 다라이에 담아주고, 고무줄을 해도 자기가 잘하니까 난 못 한다고 살려주기도 하고 그러면 그 친구 때문에 늘 난 살았고.

중학교도 가야 하는데 키도 크고 예쁘고 모든 조건이 나보다 다 좋은 친구야. 그런데 아버지가 가시나는 공부를 시켜놓으면 못 쓴다고 중학교를 안 보내주네. 그래 그 친구는 어느 날 졸업도 못하고 식모살이를 하러 갔어. 그 친구는 그리 식모살이를 해서 동생들은 다 공부를 시키고 그랬어. 그래 지금 그 친구가 너무 불행하게 살아. 최근에 소식을 들으니까 약간 우울증이 와가지고 절에 가서 요양을 하고 있다 하데. 나하고 마지막 통화는 "○○야 나는 어느 누구하고도 부끄럽지 않은 친구다. 무슨 이야기든 다 할 수 있고. 근데 너만은 소식을 안 끊고 연락을 할게." 하고 통화를 했는데, 지금 통화 안 한 지 육 개월 되었네. 전화를 안 받아. 저번 달 고향친구 모임에 가니까 그 친구 이야기를 하는데 이혼을 했다고 그러데.

그 친구는 많이 못 배웠기 때문에 어느 누구보다 잘 살았으면 좋겠어. 한 번씩 보면은 내가 "ABC 알려줄게." 하고 소리 나는 발음이나 소문자, 대문자를 써서 주고, 그래서 영어가 뭔지 몰랐는데 나를 통해서 알았다고 하거든. 그런 친구가 있어.

나이가 들어가지고 이십 대 고향친구는 한양대를 다녔는데 결국 그 애가 졸업을 못 하고 먼 나라로 갔어. 남자지만. 난 보통 여자와 남자는 친구가 안 된다고 하지만 진짜 남자였지만 그 친구처럼 오만 이야기를 다 할 수 있는 남자친구. 친구가 될 수 있

수다, 꽃이 되다

다고 말할 수 있는 사람이고. 얼마 전에 영락공원에 갔는데 잘
있다 하데.

아무튼, 보고 싶은 친구가 너무 많아. 나이가 들어서 만난 친
구 중에 어떤 이야기라도 다 하는 친구가 있어. 밤늦게 설거지
해놓고, 이불 깔아놓고, 아들딸이 많으니 정리정돈 다 해놓고 우
리 둘이 통화할래, 그래 놓고 통화하면 몇 시간이고 새벽 3시까
지 통화하는 친구가 있어. 날이 새도록 이야기하는 친구야. 나는
친구 하면 그냥 좋고, 보고 싶고, 그립고 그래. 아까 그 〈천년지
기〉 노래만 들어도 눈물이 나오는데, 다 친구들 때문이야.

보리 우리 오늘은 친구에 대해서 이야기했네요. 오늘은 여기까지
하고요. 다음 시간에 만나요.

종이봉지공주

『종이봉지공주』를 읽고 각자 사진을 보면서 우리들의 결혼 이야기를 나누었습니다.

풀잎 바람결은 완전히 다른 사람이다. 바람결아, 이 투피스가 내도 있더라고. 마이 긴 거, 똑같다. 똑같아.

바람결 그래. 그게 그때 유행했다 아니가. 맞제. 다른 사람은 왜 사진 안 가지고 왔노. 숙제를 안 하고 말이야.

풀잎 아니 근데, 어디서부터 이야기를 하지. 결혼식을?

보리 딱 첫날밤부터 이야기해야 된다니까. 딱 첫날밤!

라일락 그래 결혼하고 그게 딱 첫날밤이었다. 우리는 선을 봤으니까, 그때가 딱 첫날이지. 그래 손도 잡을 생각도 안 하고 있어서 내가 손을 잡았다니깐 말 다했지. 그러니까 면사포를 쓰고 결혼식장에 가는데도, 이게 내가 가는 건지 누가 가는 건지 모르겠더라니깐. 아무 생각도 안 나고, 도대체가 그러니까 지금 생각하면 진짜 그대로 첫날밤. 궁금했지. 눈을 뜰 수가 있나?

모두 하하하하.

라일락 그래 눈도 못 뜨고. 지금 같으면 눈도 뜨고 보고 그럴 건데.

그때는 오로지 부끄러버가지고 연애를 안 해보니까. 신혼여행 가서도 뭐 우찌 할지도 모르고. 택시기사 아저씨가 따라 다니면서 사진기 들고 "이렇게 해주세요, 저렇게 해주세요." 하는 대로 따라 하고 그랬거든. 그런데 진짜 사진을 많이 찍더라고. 그래가지고 내가 찍다가 찍다가 안 돼가지고 결국 말했다 아니가. 인제 그만 찍자고. 그 정도로 어색했거든. 살면서 그러니까 정이 들고 점점 괜찮아지더라고. 잘했구나 그런 생각도 들고. 앞으로는 모르겠고.

풀잎 그게 중요한 거다. 잘했다 하는 그런 생각들. 그게 중요한 거지.

바람결 하룻밤 자고 나니까 그런 생각 든 거 아니가. 옛말에도 하룻 밤에 만리장성을 쌓는다는 말도 있잖아.

라일락 맞네, 그런갑다. 그런데 나는 지금도 이야기한다. 첫날밤을 치렀으면 안고 자든지 뭐 그래야 되는 거 아니가. 그런데 자기는 할 일 다 했다는 듯이 막 자는 거야. 나는 지금 이게 생신지 꿈인지도 모르겠고 정신도 못 차리겠는데. 지는 막 오늘 할 일을 다 했다는 느낌으로 코를 골고 마 그리 자더라고. 나는 밤새도록 이기 꿈인가 생신가, 이걸 우찌해야 되는가, 고민이 돼서 밤새도록 잠을 못 잤거만은. 진짜 그렇더라고.

나무 엄마가 옛날에 나한테, 서른 될 때까지 순결하라는 거야. 왜 그런지 물어보니까, 남자랑 잠을 잤잖아? 그런데 이 남자가 싫어졌어. 그러면 헤어져야 되잖아. 그런데 어릴 때는 그 잔 것 때문에 헤어지지를 못한다는 거야. 그런데 그래도 헤어질 수 있는 나이가 서른이라는 거지. 엄마는 스무 살 때 결혼했으니까 그냥 단

수다, 꽃이 되다

순히 당신 생각이었던 것 같아. 그리고 결론적으로 나는 서른이 되기도 전에 결혼해버렸고. 그런데 내가 친구들을 이렇게 보니까 스무 살, 스물한 살 때 남자친구하고 자잖아? 그러면 쭉 자는 것 같아. 그런데 스물네, 스물다섯 이렇게 넘어버리면 마음이 그렇게 안 되는 거야. 내가 막 아깝기 시작하고 그렇게 되는 것 같아.

그런데 ○○아빠를 딱 만났어. 늦은 나이에. 그런데 어느 날 여행을 가자고 하는 거야. 딱 마음에 준비를 했지. 특급호텔을 딱 잡아 놨더라고. 그런데 밤에 이 남자가 이러는 거야. 오빠는 소파에 잘 테니까 걱정하지 말고 침대에 편안하게 누워서 자라는 거야. 그래서 내가 "선생님!" 그때는 선생님이라고 불렀거든. "선생님 제가요. 오늘 샤워를 세 번 하고요. 양치질을 열 번 했거든요 그냥 못자요." 그렇게 말했다니깐요. 세상에……

그런데 그렇게 말해놓고, 처음이니까 너무 무서운 거예요. 그 뒤로 한참 ○○아빠가 그 밤을 가지고 놀리고 그랬지. 말하고 행동하고 다르다고. 다음 날 얼마나 무섭고 용을 썼던지, 온몸이 뭉쳐가지고 진짜 힘들더라고요. 그런 일이 있었어요. 나는.

보리 그래 언니는 첫날밤에 왜 그렇게 잤느냐고 물어봤어요?

라일락 아니 말도 못 하고 그러다가 십몇 년 살다가 물어봤지. 아니 그날 밤에 왜 그랬냐고. 그냥 안고 자든지 그래야지. 그래 놓고 혼자서 어떻게 그렇게 잘 수가 있는지. 내 할 일 다한 것처럼 그럴 수가 있는지. 내야 자든가 말든가 어떻게 그럴 수가 있느냐고 하니까, 그냥 니가 부끄러워할까 봐 그냥 잤지, 그러더라고.

풀잎 알고 있었나 보네.

라일락 그래, 자기는 그래가지고 너무 부끄러워할까 봐 그냥 잤대. 그런데 내가 보기에 그 말은 거짓말인 것 같고, 힘들어서 잔 것 같아. 하하 그게 상당한 에너지를 요하는가 봐. 그러니까 그런 힘든 일을 왜 할라고 할까? 나는 도대체 이해가 안 된다.

나무 진짜? 참 내. 오늘 불감증 언니들 다 모였네. 다 모였어.

풀잎 우리 집도 그리 잘 잔다. 피곤한지 베개에 딱 머리를 대고, 그렇게 잘 잔다. 그리고 나는 우리 신랑이 참 고마운 게 배려를 해준다는 거. 내가 피곤하거나 하기 싫다고 하면 딱 참아주고 그러는 게 고마워. 어떤 여자들 이야기를 들어보면 막 도망 다니고 그런다 하던데, 나는 배려를 해주니까 그게 고마운 것 같애.

라일락 그래 남자들은 하고 싶을 때가 있는갑더라. 어떨 때 보면 애들한테 "자라, 왜 안 자노? 빨리 자라." 막 그러는 거야. 그러면 애들이 나한테 와가지고 "엄마 잠 안 오는데 아빠가 빨리 자래." 막 그런다니까.

풀잎 나는 진짜로 애를 낳고 이렇게 살아도 오르가슴을 몰랐다니깐. 그런데 한 5년 전인가 그걸 알았다니깐.

라일락 늦게 배운 도둑질이 겁난다고, 그러면 언니는 막 그러는 거 아니가?

풀잎 아니 안 할 때는 안 하는데, 이걸 한 번 알고 나니까 아……. 이게 이런 기분이구나. 나는 이때까지도 몰랐다니까.

라일락 그러니까 우리가 아무것도 모르고 그냥 한 거라니까. 그냥 남자가 하자 하니까 하고 그랬다니까.

수다, 꽃이 되다

풀잎 맞아 맞아. 애 낳을라고 하고 그랬다니까. 그래도 생리 있어서 안 돼요, 그러면 알겠다 하고, 몸이 피곤해서 안 돼요, 그러면 그 걸로 끝. 이렇게 존중을 해주더라고. 그러니까 좀 나았지, 나는. 그런데 그러다가 내 스스로 그걸 느꼈다니까. 이게 그런 거구나 하고.

보리 여자가 스스로 자기가 원하고 그럴 때가 있잖아요. 그럴 때 하면 그런가.

풀잎 나는 없어요. 그냥 옆에서 하자고 해서 하면서 느끼지. 내가 먼저 막 하자고 그런 적은 없어요. 이때까지도.

라일락 그래도 이래 있다가 보면 몸이 내가 원할 때가 있잖아.

풀잎 그래도 나는 이때까지는 절대로 먼저 말하거나 하자 한 적은 없는 것 같아. 먼저 손을 잡는다든지 오늘…… 어떻게……. 이런 말도 한 번도 해본 적 없는 것 같아.

라일락 아니 그래도 내가 원할 때가 있잖아. 내가 뭐 신랑한테 막 이렇게 하지 않아도 내가 원할 때가 있잖아. 내 몸이 막 원할 때가 있잖아. 그럴 때가.

풀잎 몰라 그런 거는. 손에 꼽아보면 한 번 정도 있을까. 나는 그런 거는 잘 없어. 몰라요 그런 거는.

보리 보통 생리 끝이나 전이나 그럴 때가 있잖아.

나무 배란일이야. 배란일.

보리 나는 평소에는 예민해가지고 옆에도 못 오게 하고 막 그러는데, 끝나고, 그때는 옆에 와도 두거든요.

라일락 나도 나도. 나는 하기 전에는 굉장히 예민해져가지고 옆에도 막 못 오게 하고 그러거든요. 일주일에서 열흘 정도 막 신경이 곤두서고 그러더라고. 그런데 그게 끝나고 나면 아……. 몸이 원하는 타이밍이 오더라고.

한사람 나는 좀 유아적인 것 같아. 같이 눈 마주치고 이야기하고 그런 게 좋아. 손잡고 그런 게 좋지. 막상 하는 거는 나는 별로거든. 그리고 남자들이 몸 쓰는 운동을 하면 그 욕구가 막 많다잖아. 그런데 우리 남편은 운동도 하고 그러니까 그런 게 많은 거야. 그런데 나는 아닌 거야. 손잡고 안아주고 쓸어주고 그런 거는 정말 좋은데, 막상 하는 거는 내가 별로 안 원하는가 봐. 그러니까 나는 많은 시간이 필요하고 그런데, 남자들은 안 그러잖아. 그러니까 몸이 뻣뻣해지고 안 되는가 봐.

나무 그럴 때는 안 해야 되는 거 아닌가? 하기 싫으면.

한사람 안 해. 안 하는데, 그래서 내가 이야기를 하지. 정말로 내가 둔감한가 보다. 자기는 항상 그런데 나는 욕구가 왜 안 생길까. 그렇게 말하면 이해는 해. 이해는 하는데, 자기는 또 하고 싶은데 안 되니까 좀 그렇지 뭐. 그래서 나는 너무 힘든 거야. 할 때마다 빨리 끝났으면 좋겠다는 생각을 하니까 자기도 힘든가 봐.

바람결 다들 시간은 얼마나 되는데? 한번 말해봐라.

나무 나는 실제로 하는 시간은 얼마 안 되는데 애무하는 시간이 긴 것 같아요. 그걸 좀 중요시 여기기도 하고. 그래서 그 시간이 긴 것 같아요. 나는 나만 좋으면 안 된다고 생각해요. 남편도 좋아야 되는 것 아닌가?

풀잎 그래 맞다. 그 말이 맞지. 서로 좋아야 되는 기 맞다 아니가.

나무 나는 내가 하고 싶을 때는 한다. 애 아빠한테도 꼭 표현하고 그런다. 오늘 자지 마래이~~ 그렇게.

라일락 아……. 저렇게 해야 되어야 되는데. 그자?

풀잎 그러면 남자들이 정말 좋아할 낀데. 맞제? 지금 이 나이가 될 때까지 한 번도 먼저 자자, 먼저 하자 이야기를 해본 적이 없다.

봄눈 그러니까 그게 안 되는 것 같아요. 우리 남편도 어떻게 여지껏 살면서 먼저 하자는 이야기를 한 번도 안 하느냐고 막 말을 하거든요. 나도 그게 절대로 잘 안 되는 것 같아요.

라일락 맨날 마지못해 하는 것처럼 그렇게 하고 그러지.

나무 왜 그럴까? 왜 그렇게 됐을까?

봄눈 교육되어진 게 아닐까? 그런 부분에서 주도적이지 않고, 표현에 서툴고 막.

바람결 여자가 막 먼저 그러면 안 되고, 좋아 보이지 않는 것 같은 그런 분위기.

나무 정숙하지 못하다고 하는 어떤 그런?

모두 맞아 맞아, 그런 것들.

보리 나도 뭐 그냥 하기 싫다. 뭐 그런 생각들로 살아왔는데, 어쩌면 이게 정말로 사람 사는 데 기본적인 어떤 것들이잖아요. 먹고 자

수다, 꽃이 되다

고 하는 것처럼. 그런데 너무 가볍게 여기고 잘 몰랐던 것 같아요. 지금 드는 생각이, 이런 것들에 대해서 조금 더 잘 알아야 하겠다, 하는 생각을 하게 되는 것 같아요. 내가 어떤 걸 좋아하는지, 어떤 때에 좋아하는지, 그런 것들을 알아야 하는 것 같아요. 그래야 또 내 삶이 좀 더 풍성해지고 그렇게 될 수 있는 것 같아요.

바람결 그래. 옛날 신혼 때는 출근하다가도 눈이 맞으면 올라가서 한 번 하고 출근하고 또 밥 먹다가도 눈만 마주치면 하고 그랬는데. 그자?

풀잎 우리는 그런 이야기 들으면 좀 생소하다. 나는 그런 적 없거든.

나무 응. 나는 또 좀 부럽기도 하더라.

바람결 맞나 그런 적 없어? 출근한다고 둘이서 계단을 쪼르륵 내려오다가 눈이 맞아서 다시 올라가고 막 그랬는데, 우리는.

풀잎 우리는 그냥 이불을 덮어주고 그러는데, 내가 이불을 안 덮고 있어서 덮어주면 착각을 하고, 왜 원해? 하고 물어봐. 그게 좀 여자랑 남자랑 틀린 것 같아.

바람결 나는 늘 우리 남편한테 말하는 게 내가 좀 딴 데 빠져 있을 때는 나를 좀 건드리지 마라. 엊그제도 드라마 보고 있는데 찝쩍거리는 거야. 기다리면 될 낀데.

라일락 아니다, 언니야, 기다리는 사람은 죽는다니깐.

바람결 그래. 그래가지고, 드라마도 안 끝났는데 자꾸 찝쩍거려가지고 소리를 빽 질렀다 아이가.

보리 나는 남자 혼자 다 하거든요. 그런데 그거는 좀 아닌 것 같다는 생각이 드네.

풀잎 맞아 나도 그렇거든. 하다 보면 좋고 그런데 왜 그런지 모르겠다니깐.

나무 그러니까 나는 하고 싶을 때 하고 하기 싫을 때는 안 하거든. 그런데 언니들은 하기 싫어도 그럴 때도 하잖아. 그자? 나는 그게 좀 이해는 안 되는 것 같아. 하기 싫은데 그게 된다는 게 좀 이상한 것 같아.

풀잎 그래 맞아. 그런데, 처음에는 하기 싫은데 하다 보면 또 좋다니까.

바람결 그러니까 우리 신랑이, 하기 싫다고 빼고 그라더만 막상 하면 좋아 죽으면서 왜 그러냐고 그런다 아니가.

풀잎 그리고 여자들은 좀 임신에 대한 두려움이 크다 아니가?

나무 맞아. 나도 다른 거에는 별로 신경을 쓰지도 않고 쓰이지도 않는데, 그 임신에 대해서는 무지하게 신경이 쓰이는 것 같아. 진짜 걱정이 되기도 하고.

바람결 그래. 그래서 나는 남편보고 수술 안 하고 오면 안 하겠다고 폭탄선언을 했다 아니가. 절대로 안 하겠다고. 그래서 수술하고 왔다니깐.

라일락 나는 내가 수술을 할라고 하다가 허리도 좀 아프고 그래서 못하겠다 했더니 자기가 하겠다고 하데. 그래서 또 내가 따라갔다 아니가. 신랑 어떻게 되는가 싶어가지고.

나무 우리 신랑도 안 했는데 따라가야겠네.

라일락 따라갔다고 하니까 다들 웃더라. 신랑 그 수술하는 데 뭐하려고 따라갔냐고 그러던데. 아무튼, 엄청 간단하고 뭐 그렇더라.

수다, 꽃이 되다

아무 이상도 없고 잘 지내고.

풀잎 그런데 우리 신랑은 죽어라 안 하는 기야. 아무리 하라고 해도.

나무 우리 신랑은 무섭다더라.

풀잎 나는 아파서 못 하겠다고 하라고 했더니만, 자기가 한다고 하더니 아직도 안 하는 기야. 내가 알아서 하겠다, 이라더만은 안 하네.

라일락 그래. 나는 또 나이가 조금씩 들어갈수록 막 옛날에는 하기 싫어서 짜증이 나고 그러던데, 요즘은 그래 이것도 다 시기적으로 때가 있는데, 하기 싫다 막 이렇게 하지 말고 응해주자, 이런 생각이 조금씩 들더라고. 자기도 젊을 때처럼 그렇지도 않고, 나이 들수록 점점 줄어들고 그럴 긴데 내가 짜증만 내고 그러면 안 될 것 같다는 생각이 들더라고.

보리 〈죽어도 좋아〉 영화 봤어요? 할머니 할아버지가 재혼하고 그런 부부생활 이야기거든요. 섹스라는 것이 꼭 삽입하는 행위뿐만 아니라 만지고 바라보고 하는 모든 교감이 잘 이루어져야 삶이 잘 흘러가고 뭐 그렇다는 다큐멘터리 형식의 영화거든요. 그런 거 보면, 나이 든다고 안 하고, 없어지고, 그런 거는 또 아닌 것 같아요. 그 영화를 보니까 너무 편안하게 낮에도, 하고 뭐 하고 싶은 대로 하시더라고요.

풀잎 그래. 오히려 그럴 수도 있겠다. 나이가 들면 어떤 불안도 없고, 진짜 아무것도 걸리는 것 없이 자유롭게 할 수 있을 것 같기도 하네. 그지?

보리 그러니까 그런 자유롭고 당연한 것들이 잘 교류되지 않고, 공감되지 않고, 세월이 흘러가고, 노인이 되고, 그러면 사이가 좋지는 않을 것 같아요.

라일락 그래. 대화도 없고 각자 방으로 들어가버리고.

풀잎 그렇게 각방 쓰는 사람들이 많다잖아. 젊었을 때부터도. 나는 그래도 아직은 같이 자고 그러는데 그냥 각방 쓰고 이런 사람들이 많더라고.

라일락 나이가 들어도 그런 욕구가 있는갑다.

보리 그러니까 그게 나이의 문제는 아닌 것 같아요.

풀잎 그런데 나이가 들면 여자들은 거기가 마르잖아. 그러면 되게 아플 텐데. 우리 언니 이제 나이가 쉰 정도거든. 그런데 형부는 이제 막 그거 하는 거를 좋아한대. 그런데 언니는 한 번하고 나면 너무 아파가지고 안 되겠대. 막 너무 아파가지고 남편이 원망스럽고 그런다고 하더라고.

나무 젤 같은 거 바르면 안 되나?

풀잎 무슨 젤?

나무 언니들 모르나? 뭐 러브젤 그런 거 있잖아. 미끌미끌한 거 그거 바르면 잘 들어가잖아 왜.

라일락 그런 것도 있나?

나무 어. 왜 신혼 초에는 잘 안 되잖아. 그게 경험이 거의 없고 그러니까. 나도 너무 많이 아파가지고 우리 친구한테 물어봤더만 그 러브젤이라는 걸 알려주데. 썼는데 진짜 좋더라니까.

라일락 그런 거 좀 진작 알았으면 좋았을 낀데. 뭐 하기사 부끄러버가지고 쳐다보지도 못했는데 내가 그걸 알았다고 해도 뭐 우찌 할 수 있었겠나.

풀잎 암튼 그런 거는 알아 놔야겠다. 나중에 몸이 안 좋아지고 그러
면 그런 것도 써보고 그래야겠다.

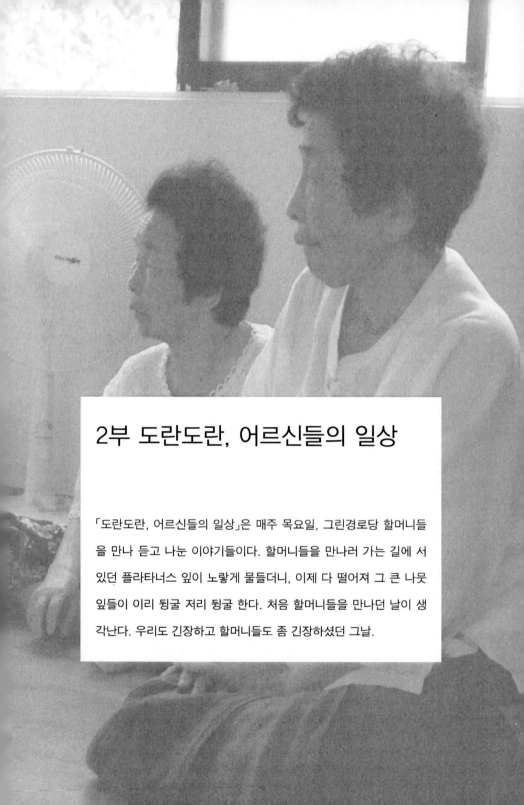

2부 도란도란, 어르신들의 일상

「도란도란, 어르신들의 일상」은 매주 목요일, 그린경로당 할머니들을 만나 듣고 나눈 이야기들이다. 할머니들을 만나러 가는 길에 서 있던 플라타너스 잎이 노랗게 물들더니, 이제 다 떨어져 그 큰 나뭇잎들이 이리 뒹굴 저리 뒹굴 한다. 처음 할머니들을 만나던 날이 생각난다. 우리도 긴장하고 할머니들도 좀 긴장하셨던 그날.

"우리한테 뭐 들을 이야기가 있을란가 모리겄네." 하시던 뭔가 특별한 이야기를 하셔야 한다고 생각하시던 할머니들. 하루이틀 날이 가고, 할머니들은 이제 우리가 가도 더 이상 뭔가 특별한 말을 해야 한다고 생각하지 않으신다. 그냥 그렇게, 시간이 흐르는 대로 이런 이야기 저런 이야기 하다가, 웃다가 또는 울다가 가는구나 생각하시는 것 같았다.

젊은 시절을 어떻게 보냈든, 부유했건 가난했건, 또는 남편과 해로를 했든 일찍 남편을 보냈든, 자식이 잘되었건 그렇지 않건 조금도 중요하지 않다. 할머니들은 날마다 비슷한 시간에 만나 고스톱을 치고, 또 함께 밥을 먹고, 비슷한 시간에 집으로 돌아가신다. 그리고 함께 이야기하고 함께 웃는다.

할머니들의 곳간에는 함께 먹을 쌀과 과자 그리고 술이 있다. 할머니들의 움직임은 늘 계절과 닿아 있다. 해가 긴 여름에는 좀 더 노시고, 해가 짧은 겨울에는 집에 빨리 가신다. 늘 같은 요일 같은 시간에 찾아갔는데 겨울이 되니, "왜 이렇게 늦게 오노?" 하신다. "같은 시간에

왔는데요?" 대답하니, "시간이 무신 상관이고 해가 짧아졌는데" 하신다. 나의 시간은 시계와 함께 가고, 할머니들의 시간은 해님과 달님, 바람과 함께 간다.

시간이 갈수록 할머니들을 만나러 가는 발걸음이 빨라진다. 함께 있는 동안의 시간도 그만큼 더 빨라진다. 이제는 많이 친해져서 슬그머니 할머니들 앞에서 다리도 뻗어보고 그런다. 그래도 카메라 셔터 소리가 들리면 늘, "늙은 얼굴 오데다 쓸라고 자꾸 찍노?" 하시면서 조금은 부끄러워하신다.

할머니들은 눈만 마주치면 웃는다. 할머니의 과거인 나와, 내 미래인 할머니가 그렇게 마주보고 웃는다. 우리는 그렇게 오래 웃는다.

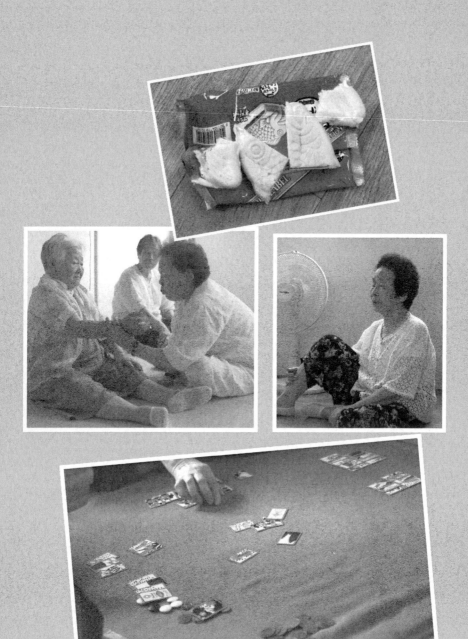

처음 만난 날 2012. 6. 26.

그린2B경로당으로 어르신들을 만나러 가는 첫째 날.

잘할 수 있을까? 할머니들은 좋아하실까?

귀찮아하시면 어쩌지.

오만가지 생각들이 머릿속을 뱅글뱅글 돌아다닙니다.

도서관에서 할머니들에게 가는 길.

5분 남짓한 그 시간이 참 설렙니다.

오랜만에 가슴이 쿵쿵 뜁니다.

경로당 문을 여니

할머니들 신발이 옹기종기.

누워 계시는 어르신들.

고스톱 치고 계시는 어르신들.

들어가 앉아서 이렇게 오게 된 이유를 설명 드리고,

목요일마다 오게 될 것 같다, 괜찮으시겠냐 물으니

다들 웃음으로,

"괜찮지, 괜찮고 말고."

그러십니다.

그러고는 이런저런 이야기들을 자연스럽게 하시는 어르신들.

"꽃이 이쁘게 꽂혀 있네요."

"○회장님이 꽂아놓은 거예요, 도서관에는 없던가? 회장님이 꽂
아주러 갔는디."

색색의 카네이션들이 도서관에 예쁘게도 꽂혀 있더니

그 작품이 할머니 거였구나.

새삼 다시 또 감사한 마음이 듭니다.

자연스럽게 고스톱 치시는 할머니들은 판을 접으시고

집으로 돌아가십니다.

"저희들 때문에 가시는 건 아니신지요?"

"아니야. 영감 있는 분들은 저녁 준비하러 이 시간에 나가야지."

"우리는 영감 없는 사람들이니까 더 놀다가 가고 그래."

그렇게 할머니들 말씀대로,

영감님 있으신 할머니들이 돌아가고 나서

자연스럽게 모두 둥글게 앉아서 자기 소개하기.

이름 말하실 때 조금 쑥스러워하시는 모습.

병원에서 이름 부를 때 말고는 이름 이야기 할 일이 없으시다며

수줍게 웃는 모습이 소녀 같으십니다.

모두 칠십 대 이상. 거의 팔십 대가 많으십니다.

그런데 다들 정정하시고 젊어 보이십니다.

그래서 우리는 할머니들의 이름을 불러드리기로 했습니다.

한꽃님 할머니는

"꽃님 씨~"

이렇게 말입니다.

우리도 또 수줍게 할머니들 앞에서 소개를 합니다.

수다, 꽃이 되다

아들 하나 딸 하나라는 말에
"잘했네, 잘했어."
그러십니다.
첫날이라 사진은 조금만 찍었습니다.
사진기 셔터 소리가 할머니들 속에서 너무 크게 들립니다.
우리는 좀 조용히,
또 좀 천천히 할머니들께 다가가려고 합니다.

도란도란 일상을 나눠요. 2012. 7. 5.

비가 조금씩 내리네요.

안 그래도 더운데 너무 후덥지근한 날씨.

조금은 기운이 없는 날입니다.

경로당 앞 슈퍼에서

냉장고에 들어 있는 시원한 수박 한 덩이를 사가지고

경로당으로 출발합니다,

오늘은 할머니들이 많이 모여 계시네요.

청소하시는 할머니, 벽에 기대어 계시는 할머니,

고스톱을 구경하는 할머니.

고스톱을 치고 계시는 할머니들.

들어가니 다들 반갑게 맞이해 주십니다.

청소하시는 할머니는 경로당에 있는 그릇장을

어찌나 열심히 닦으시는지…….

"그만 놔둬라. 그러다가 그릇 깨질라."

"이리 그릇을 아무렇게나 쌓아놓으면 되나. 이러다가 다 깨진다."

"얼마 전에 닦았는디, 또 닦을 기 있는가?"

"먼지가 시커멓게 나온다. 이기 닦은 기가?"

그러시면서 우리 집 수건보다 더 깨끗해 보이는 걸레로

이리저리 종종거리며 닦고 다니십니다.

할머니들은 고스톱을 치시면서, 또 구경하시면서

참 많은 이야기를 하십니다.

새로 옷 사신 할머니 옷 이야기가 이어집니다.

"그건 어디서 샀노? 좋아 보이네?"

"엊그제 큰딸이 와서 사 주고 갔다."

"시원하고 좋아 보이네. 시장에서 산 것들하고는 틀리네."

"몰라, 오데서 사 왔는지. 사 주니까 입지 뭐. 내가 아나. 오데서 사 왔는지."

그러고는 오늘 야채 파는 트럭이 온다는 이야기.

"오늘은 뭐 오는가 한번 내리가 보까."

"부추나 사다가 전이나 부치까."

"오이나 사서 부치 묵어야겠다."

"고스톱 치시면서 그렇게 이야기하시면 안 헷갈리십니까?"

"뭐 헷갈려. 맨날 계속하는 거를."

"뭐. 열심히 해야 헷갈리지. 이기 뭐 고스톱이 장난이지 뭐. 열심히 하나 열심히 안 하지."

조금 있으니 할아버지 한 분이 오셔서

소주 한 잔 달라고 하십니다.

보기에는 이미 한 잔 하신 듯 얼굴이 발갛습니다.

"어서 오이소"

"아이고 회장님 내 소주 한 잔 주이소."

"벌써 한 잔 하신 것 같은데. 그만 드시지예."

"오데. 많이 안 묵으십니다. 한 잔만 주이소."

○○할머니가 일어나시더니 냉장고에서

파래무침하고 김치를 꺼내 와서 살뜰하게 챙겨주십니다.
귀찮을 법도 한데, 기분 나쁠 법도 한데,
할머니들 모두 그냥 괜찮다 하십니다.
그렇게 할아버지는 기분 좋게 한 잔을 마시고 일어나십니다.
10분이나 지났을까.
경로당 앞에 있는 슈퍼 아저씨가
초코파이 세 상자와 소주 한 상자를 들고 오시네요.
아까 소주를 마시고 가신 할아버니가 주문해주시고
가셨답니다.
세상에 종종 그렇게 사주신다고 하시네요.
수박도 먹고, 초코파이도 먹고.
남은 소주를 보관하러 가시는 회장 할머니를 따라서
할머니들의 비밀 창고도 들여다보았습니다.
쌀, 휴지, 술. 없는 게 없어요.
그렇게 할머니들에게 실컷 얻어먹고,
몸도 마음도 든든해져서 돌아옵니다.

따뜻한 닭죽 한 그릇 2012. 7. 19.

할머니들이 삼계탕 끓인 날,
들어가니 닭죽을 한 그릇 주십니다.
"아. 잘 먹었어요."

"얼굴 보니까 진짜 잘 먹은 거 같네."

"같이 오던 친구가 오늘 제주도 여행을 갔거든요. 그래서 다른 한 사람이 따라온다고 하는 거를 제가 좀 있다 오라고 하고 먼저 막 왔거든요. 정말 잘한 것 같아요. 그 친구랑 같이 왔으면 제가 좀 적게 먹었을 거잖아요."

할머니들이 다 같이 웃으십니다. 하하하하.

"할머니들한테 이렇게 다니니까 얻어먹는 게 많아요. 그리고 옛날에 맛있게 먹었던 거. 찌짐 이런 거⋯⋯."

"할매들이 한 기 뭐 맛있나?"

"맛있어요. 초복에는 삼계탕, 또 언제 뭘 드세요?"

"중복 때도 또 삼계탕."

"중복, 토요일이네. 그럼 말복에도 또 삼계탕?"

"에이 말복에는 암것도 안 묵는다."

"그럼 경로당에서 맛있는 거 먹는 날은 초복, 중복, 또 언제예요?"

"곗날! 곗날!"

"곗날이요? 곗날은?"

"7일날."

"날 싹 적어놔서 뭐 할라꼬?"

"얻어묵으러 올라꼬?"

"예 얻어묵으러 올라꼬예."

"8월 7일날은 화요일이네. 그럼 8월달은 뭐 해 드실 긴데?"

"뭐, 누가 뭐를 갖고 오면 묵기도 하고. 그때그때 달라."

"어쨌든 8월 7일날 똥글뱅이를 쳐 놨다가 와야겠다."

"어디 나갈 때도 있는디?"

"그래요? 그러면 미리 와 봐야겠다. 어머니들 어디 나가실란가
볼라꼬."

"아이구, 아무것도 안 묵는다."

(모두 하하하하)

"저 사람은 싹 다 묵고 나니까 오네."

"그럼 아파트 처음 생겼을 때도 이렇게 다 같이 모여서 뭐 드시
고 그랬나?"

"그때는 경로당 안 오셨잖아요? 그때는 젊었는데?"

"그때도 또 나이 든 사람들이 있고, 또 죽고, 또 젊은 사람들이
들어오고 안 그러나."

"어디 관광 가서 뭐 해 먹거나 그렇게도 하셨어요? 초반에는?"

"여기저기 관광도 많이 다녔지."

"올해는 어디 다녀오셨어요?"

"올해는 안 갔지."

"어디, 재미났던 곳 기억나세요?"

"뭐 운문사도 가고, 부곡온천도 가고, 막 그랬어."

"관광버스 타고 놀러 가면 버스에서 막 춤 추느라 자리에 안 앉
고 그런 사람 있잖아요? 할머니들 중에 제일 춤쟁이는 누구예요?"

"뭐, 다들 앉았다가 일어났다가 앉았다가 그러지 뭐."

"할아버지들 하고 같이 가세요?"

"오데."

수다, 꽃이 되다

"할머니들만?"

"어. 할아버지들은 안 모시고 가고. 하나씩만."

그렇게 닭죽 한 그릇을 얻어먹고,

할머니들의 관광 다닌 이야기를 듣고 싶었습니다.

그런데 사실 할머니들은 갔다 온 것 말고는

별로 기억에 남으시는 게 없나 봅니다.

그냥 그때 할머니들은 즐거우셨겠지요.

할머니들의 웃음으로 짐작해봅니다.

오가는 정이 있어야지 2012. 7. 26.

며칠째 더운 날씨가 계속됩니다.

나뭇잎도 너무 더워서 잎을 축 늘어뜨린 날 할머니들은 어떻게 지내고 계실까? 조금은 걱정스러운 걸음으로 경로당으로 들어가니 누워 계시는 할머니, 이야기 나누고 계시는 할머니들 삼삼오오 모여 계십니다.

오늘 고스톱은 일찍 끝났나 봅니다.

오늘은 할머니들의 제사 이야기가 한창이십니다.

제사지내고 온 딸하고 며느리를 만나고 왔다 하시네요.

"며느리하고 딸년하고 똑같다, 똑같아. 그래도 지사를 지내고 왔으면은 지 엄마한테 생선대가리라도 내놔야 되는 거 아니가. 세상에……."

"떡 한 쪼가리도 안 가지고 왔던가 보네?"

"떡은 무신 떡. 맹물 한 잔도 안 가지고 왔더라니깐."

"요새 젊은 아들은 그거 싸가지고 가면 묵을 사람도 없다고 아예 싸가지를 않는다니까. 싸온 게 없신께 줄 것도 없는 거 아니오?"

"아무리 그래도 집에 어른이 있고, 가까이 지 엄마가 살고 그라면, 그라면 안 되는 거 아니가. 그기 꼭 묵어서 맛이 아니고, 사람 사는 기 그기 아니다 아니가. 노인네가 묵으면 얼마나 묵겄노. 한 젓가락만 있으몬 되는데 그걸 못 챙긴다 말이가."

"할머니 많이 섭섭했나 보네요?"

"섭섭하지, 늙어서 그런지 섭섭하더라. 사람 취급을 못 받나 싶

기도 하고, 울적하고 그렇더라. 새댁이는 어른들한테 그러지 마라,
알겠제?"

그래도 그 딸, 그 며느리 그냥 그렇게 생각했을 거라며,
요즘 애들이 다 그렇다며 위로해주는 할머니들.
그렇게 함께 동무하며 세월은 흘러갑니다.

우리 집 제산데예, 밥 무러 오이소

할머니들은 또 제사 이야기를 하십니다.
"여름에 제사 같은 거 지내려면 정말 힘들 텐데요. 지금은 에어
컨이라도 있지만."
"제사 안 지내봤소?"
"아니요. 저희 친정 시골집은 제사가 1년에 열 개요. 열 개!"
"아니? 종가야, 집이?"
"종가는 아닌데예. 할아버지가 장남이셨는데, 왜 자식 없이 죽거
나 그런 제사들 있잖아예. 그런 제사를 다 지내셨거든예. 그래가지
고예."
"좀 모아가지고 지내지 왜?"
"할아버지 돌아가시고 나서는 모았는데예. 제가 학교 다니고, 대
학 다니고, 직장 다닐 때까지 제사를 그렇게 지냈어요. 할아버지 돌
아가시고 모았지예. 그 전에는 할아버지가 안 모으고 싶어 하시더
라고예. 그래서 우리 집 빨래줄하고 장독 위에는 항상 생선 말리고

그랬어요. 그리고 옛날에 안청이라는 곳이 있잖아요. 거기 생선을 두니까 엄마가 고양이 못 오게 지키라고 해서 지키고 있고. 그런 생각들이 나예."

"우리는 다 모다서 지낸다. 요새 누가 뭐 따로 지낼라고 하나."

"옛날에는 우리 제사 많이 지냈다 아니가?"

"하모. 많이 지냈지. 음식도 올매나 많이 하노."

"맞다. 콩나물도 다 키우고. 생선 사다가 장만해서 말리고."

"요새 그리 하라고 하몬 다 도망가고 없을 끼다."

"옛날에도 음식을 많이 했나예?"

"뭐 많이해. 비싸서 과일 같은 거는 많이 못 했다. 사과 한 개, 배한 개, 뭐 이렇게 했고. 쪼매씩 쪼개가지고 노나 묵고 그랬지."

"밥도 집집마다 나르고"

"옛날에는 왜 음복이라는 것도 하잖아요. 그런데 왜 또 밥을 날랐을꼬? 집집마다."

"이 집에서도 제사지내면 가 오고, 저 집에서도 가 오고, 그러니까 품 갚는다고 그랬지. 음식도 거저가 없거든. 다 품 갚고 그러는 기지."

"아, 품 갚는다고요."

"옛날에는 시골에 가면 제사 음식들 마을 회관에서도 펴놓고 먹고 그랬는데. 요즘은 안 하잖아예."

"요새는 또 좋아 안 하는 사람은 좋아 안 하고, 그러니까 점점 없어지지 뭐."

"어머니들은 그래도 아직 제사 있잖아예."

"있지. 오늘도 제삿밥 안 묵었나. 여기서 제사 나물하고 밥하고 막 갖고 와가지고 한 그릇 묵었다 아니가."

"옛날에 어른들은 보니까, 오늘은 저기 누구 제사, 다음 달은 또 누구 제사, 이렇게 남의 제사까지 다 꿰고 있다 아닙니까?"

"그렇지. 다 알고 있지. 우찌 알았는지 모르겠는데, 다 알고 안 있나."

"저희 동네에서는 제사지내고 나면 밥 먹으러 오라고 다 부르고 그러거든예."

"옛날에는 다 그랬지. 날도 밝아지기 전에 다 불러서 밥 묵고 안 그랬나. 다 그랬지."

할머니들의 눈이 반짝반짝합니다.

그 옛날,

할머니들이 아이였을 때,

제사라 남의 집 어른들을 부르러 가던 그때로

할머니들은 돌아갑니다.

그때처럼 눈이 반짝반짝합니다.

할머니, 그래도 함께 먹어요 2012 8. 9.

"할머니 이거 좀 드세요."

"뭐를 이리 사가지고 오노. 안 사 와도 되는데."

"다시는 이리 사 오지 마소. 뭐한다고 돈 쓰고 그라노."

"아니에요. 안 사 올 때도 많아요."

"자 이리, 이거 묵소."

"아니에요. 할머니들 드세요. 그러면 조금만 주세요."

"경로당에는 묵을 기 많으니까 안 사 와도 된다."

"네. 좋아요. 경로당에 오면 먹을 게 많아서요."

"젊은 사람들은 돈 쓸 데도 많다 아니가."

"아들 학원도 보내야 되고."

"우리 손자도 보니까 공부하는 학원도 가고 태권도도 가고 그 라데."

"그것만 하요. 또 무신 춤추는 학원도 가고 그라더라."

"옛날에는 학교만 보내줘도 고마웠는디 요새는 뭣이 그리 많 은지."

"다 부모 등골 빼는 거 아니가."

"다시는 이런 거 사 오지 마소. 알았제?"

과자 몇 봉지 손에 들고 갔을 뿐인데

몇 번을 다시는 사 오지 말라고 신신 당부를 하십니다.

할머니들의 걱정소리에 마음이 따끈따끈해집니다.

편안한 자리에 눕고 싶다 2012 8. 16.

다시 엄청 더워졌습니다.

도서관에서 경로당으로 가는 그 짧은 시간에도 땀이 흐릅니다.

수다, 꽃이 되다

언제까지 이렇게 더울 건지.

둘러맨 카메라 가방이 오늘따라 더 무겁게 느껴집니다.

경로당 앞에 도착하니 문이 닫겨 있습니다.

여름 내내 항상 열려 있었는데,

바람 통하라고 다 열어놓고 계셨는데,

오늘은 이상합니다.

문을 열고 들어가니 그 이유를 알겠습니다.

방이 시원합니다. 에어컨이 켜져 있습니다.

"할머니 에어컨 켜셨네요? 너무 시원하네요."

"덥제! 이 밑으로 온나, 여기가 제일 시원하다."

에어콘 바람이 제일 잘 나오는 쪽으로

손을 이끌어주십니다.

덕분에 걸어오느라 이마에 맺혔던 땀이
시원하게 씻깁니다.
고스톱 판은 끝났는지
자리가 말끔하게 정리되어 있습니다.

바로 옆에 있는 ○○양로원에 가서 책 읽어드린 이야기를 했더니 양로원이나 요양원에 대해서 이런저런 이야기를 나누십니다.

"거기는 자유롭게 나다니지도 못하고 그렇제?"

"아입니더. 거기 어른들은 마음대로 여기저기 다 나다니십니다. 요새 양로원들은 거의 외출이 자유롭답니다."

"맞나? 옛날에는 가둬놓고 그랬다더만은."

"요즘은 안 그런답니다. 식사도 챙겨드리고 목욕도 해드리고 편안해 보이시던데요."

"그래도 나는 남의 손 안 빌리고 내가 해 묵고, 씻고 하다가 그냥 죽고 싶다."

"몸을 움직이야지. 안 그러면 금방 주저앉는다 아이가. 저 할매도 저리 다리 끌고 다니면서도 맨날 나온다."

"양로원 그런 데는 죽을 때 되면 지하에 내려놓는 데가 있다고 하데."

"거기서 죽고로 내려놓는 갑네. 꿈틀꿈틀하다가 죽는 갑네."

"옛날 어른들이 객사가 제일 복 없는 기라 하시더만. 젊었을 때는 거기 뭔 소리가 했는디, 나이 들어본 게 알겠더라. 그런 데서 죽기는 싫더라고."

"그래도 어쩔 수가 있나. 요즘은 다 병원으로 싣고 가삐린다 아

수다, 꽃이 되다

니가. 집에서 죽고 싶어도 못 죽는다."

"그냥 자듯이 가뿌리몬 올매나 좋을꼬."

"그러게 말이다."

살아갈 날들이 얼마 남지 않았다고 느끼는 할머니들이십니다.

죽을 때 그렇게는,

그런 곳에서는

죽고 싶지 않다고 이야기를 하십니다.

오늘은 마음 한쪽이 찌리리 소리를 냅니다.

하나 둘 셋 2012. 8. 30.

"오늘 또 온 거 보니까 목요일인가배. 이야기들을 해봐라, 한번"

"이야기가 있어야지 이야기를 하지."

(할머니 한 분이 재채기를 하신다.)

"에취~~ 아이구 나는 재채기만 하면 오줌이 나와서 재채기 할 때마다 이리 오무려서 한다 아니가. 안 그러면 속옷이 다 젖는 다. 이걸 우찌 하면 좋겠노?"

"요새는 아를 낳으면 병원에서 다 집어주고 그러니까 괜찮지만 은 옛날에는 그냥 아 낳고 그냥 낫고 그랬으니까 당연하지. 다 그 렇다 아니가."

"그런데 요새는 아를 낳는데 안 나오니까 장갑을 끼고 빼내고 그라데."

"어. 우리 딸은 또 낳을 때 보니까, 막 아가 안 나오니까 배를 누르고 그러더라."

"그래도 괜찮을까? 산모 몸이 다 망가질 낀데."

"우리는 병원이 오데 있어, 다 집에서 낳았지."

"맞다. 나는 한 번은 산파도 없이 낳았다 아니가."

"옆에 아무도 없이 낳았다고?"

"어. 아배도 어데 가고 없고 뭐. 그러다가 돌더라고. 그래서 낳았지 뭐. 그냥 탯줄도 끊고 그랬다."

"태는 우짜고?"

"태는 그냥 나오던데."

"그래도 살 팔자였나 보다. 그 태가 안 나와서 죽는 사람들도 여럿 있었다 아니가."

"그래도 우찌 혼자서 낳았실꼬?"

"그래 마. 지금 생각해도 우찌 낳았는가 싶은데 또 닥치니까 낳아지더라니까."

"우리 아는 아지매는 딸 둘을 놓고 아들을 낳았는데 아들을 낳을 때 혼자 낳았다네. 그런데 그 탯줄을 양쪽을 묶아가지고 가운데를 잘라야 된다 아니가? 그냥 잘라 놨는 기라"

"그라모 피가 나와서 죽을 낀데."

"그러니까. 그래도 거기 살 운명이라. 숙모가 일 없이 지나가다 그 집에 들어와서 보니까 아가 노랗더란다 아니가."

"피가 빠져가지고?"

"하모. 그래서 숙모가 빨리 묶었다 안 하나."

수다, 꽃이 되다

"그걸 몰랐시까? 처음도 아닌데."

"낳아는 봤으도 그런 걸 안 해보니까 몰랐는 갑지. 그 아가 살아 가지고 지금 마흔이 다 됐다."

"아무튼 내는 오줌이 나와서 재채기도 못하겄다."

"할머니. 케겔 운동이라고 항문하고 그 밑으로 힘을 줬다가 풀었다가 하면 운동이 된답니다"

"맞다. 맞다. 내 복지관에 가면 그런 교육 시켜주데. 똥구멍 있는 데를 힘을 줘서 이리이리 오므리는 기야. 하나 둘 셋."

(할머니들 모두 박장대소)

"오마가 있던 거를 힘을 빼면서 하나 둘 셋 하고 그렇게 많이 하면 좋아진다고 하더라. 복지관에서 그리 가르쳐주던데. 그거를 계속해서 하면 많이 좋아진다고 하던데."

"네. 그렇게 하면 아래가 단련이 된대요. 그래서 요실금 같은 게 없어지고 그런다던데요"

"요즘은 조리원 같은 곳에서도 이런 운동 알려주거든요. 애 낳고 난 뒤에 아무래도 아래가 약해지니까요."

"그라몬 그거를 해봐야겄네. 오므리고 하나 둘 셋, 힘 빼고 하나 둘 셋."

(할머니 모두 박장대소)

나눠 먹는 밥은 행복 2012. 9. 6

경로당 올라가는 계단에서부터 된장국 냄새가 납니다.

맛있는 음식냄새는 언제나 기분을 좋게 합니다.

문을 열고 들어가니

다 함께 모여서 된장을 가운데 두고 식사를 하고 계십니다.

평소보다 많은 분들이 모여 계십니다.

함께 밥을 먹는 날은

더 많은 사람을 일부러 부른다고 하십니다.

"지금 드시면 저녁은 못 드시겠다. 그지요?"

"지금 먹으면 저녁은 끝이제. 또 우찌 묵노."

"밥 한 숟가락 된장에 비비서 묵어라."

"아입니다. 금방 도서관에서 간식을 묵고 왔어예."

"그랬나. 맛있는데."

"언제 이렇게 모여서 같이 식사하십니까? 정기적으로 시간이 정해져 있는 갑지예?"

"오데. 그냥 그렇게 나눠 먹을 때가 있다."

그렇게만 말씀하십니다.

늘 시간을 정해놔야 뭔가를 할 수 있다고 믿는 저의 눈에

할머니들의 번개 된장찌개 모임은 참 좋고 따뜻해 보입니다.

음식을 나누어 먹은 뒤라서 그런지

더 편안하고 친근해 보이시는 할머니들.

○○할머니는 치마를 잡고 춤도 추십니다.

수다, 꽃이 되다

모두 크게 한참이나 웃었습니다.

"집에 가서 혼자 묵는 것보다는 훨씬 낫다 아니가?"

"혼자 계시면 잘 안 드시게 되지예. 저도 남편 없고 애들 없으면 반찬 안 하게 되더라고예"

"하모. 물에 말아서 한 숟가락 뜨던지 아니면 아침에 묵다가 남은 국에 말아 묵고 안 그러나. 이리 나와서 같이 묵으면 밥맛도 있고 올매나 좋노."

"영감 죽은 뒤로는 내 혼자서 뭐 반찬도 안 한다. 그냥 이리저리 대강 묵지. 영감 있는 할마니들은 그래 아직도 장도 많이 보고 반찬도 하고 그러지만은."

"이리 모여 계셔서 정말 다행입니다. 그지예?"

"하모 그러니까 매일 안 나오나."

매일 매일 그렇게 경로당으로 출근하는 할머니들.

오늘은 된장찌개 냄새고 그 공간이,

그 모습이 더 푸근하고 행복해 보이십니다.

밥은 행복인가 봅니다.

내가 돌아갈 자리 2012. 9. 13.

"나는 요즘 이상하게 길 잃는 꿈을 많이 꾼다. 버스에서 내렸는데 생전 처음 와보는 모르는 길이라, 틀림없이 옆에 조카가 있었는데 없어져버리고, 그래가지고 막 큰 소리로 조카를 불렀는데도 없고, 참 막막하데요."

"우리 나이 되면 그런 꿈 많이 꾼다. 길 잊어부리는 그런 꿈."

"저세상 갈 날이 가까워 와서 그런다 아이가."

"엊그저께 우리 아제가 죽어가지고, 김해에 있는 무신 공원묘지에 갔다 왔는데 잘해놨더라.

돈도 얼마 안 줬다고 하데. 진짜 잘해놨더라"

"요즘은 뭐 납골당인가 뭔가 화장해가 아파트 맹키로 넣어놓는 그런 데가 있더라."

"몇 년 전에 아버지 묘를 이장해서 납골당에 모셨거든예. 할아버지랑 할머니 뭐 그 위에 조상들도 다. 몇 번 이장할라고 했는데 무

수다, 꽃이 되다

슨, 집안에 누가 아기를 가져서 안 되고, 또 결혼이 있어서 안 되고, 그래서 날을 못 잡다가 그때 작은할아버지가 돌아가셨는데, 그럴 때는 동티가 안 난다고 해서 싹 다 이장해서 납골당에 모셨거든예. 깔끔하기는 깔끔하더라고요. 그런데 저는 좀 별로데요. 항상 우리 아부지가 저기 있는데 그렇게 생각했는데, 갈 데가 없으니까 좀 그렇더라고요. 울적하고."

"좀 서분하제?"

"예."

"엄마는 관리할 사람도 없는데 잘됐다고 하더만. 저는 좀 섭섭하더라고예."

"그래 요새는 그 관리할 사람이 없어서 더 큰일이다 아니가. 모다 바쁜데 성묘한다고 난리고."

"그래. 요새는 전부 다 화장하더라."

"내는 죽으면 절대로 화장하지 마라 캤는데. 꼭 두 번 죽는 것 같아서. 한 번 죽었는데 또 불에다가 그을리고. 나는 싫더라고. 그런데 요즘 보니까 전부다 화장하데. 그러니까 뭐 안 할 수가 없지."

"나는 죽고 난 뒤 뭐 어찌 할 긴지 걱정 안 해요. 화장을 하든, 그냥 묻든, 바람에 날리버리든지, 나는 걱정 안 해요. 걱정하면 뭐 해. 죽으면 그만인데."

"나는 사실 대가 끊어졌거든요. 손자가 없고 손녀뿐이니까. 대가 끊어진 거야. 그래서 내가 살아 있을 때 제사를 정리하고 싶은 마음은 있어. 내가 죽고 나면 누가 지내주겠어. 즈그들도 부담이고, 남기고 가는 나도 부담이고, 그래서 그 제사를 내 살아 있을 때 정리해야겠다, 이런 마음은 있어."

"그렇지 뭐. 우리 죽고 나면 제사 같은 거는 다 없어질 기야."

"그래 나는 제사가 걱정이지. 내 죽고 난 뒤에 화장을 하든, 어디 뿌리뿌리든, 아무 상관없어."

"나는 영감 옆에다가 묘지 땅 마련해 놨다 아니가?"

"예? 묘지요?"

"내가 죽으면 들어갈 자리 말이야."

"그런 거 보고 있으면 기분이 이상할 것 같아요."

"이상하기는. 편안하다. 내 죽으면 저기 들어가면 되겠다, 그리 생각하는데 뭐가 이상해. 양지 바르고 딱 좋다."

"젊은 사람들 생각이 이상하지 뭐가 이상해. 나이 들면 하나도 안 이상하다. 안 그렇나?"

할머니들이 모두 고개를 끄덕끄덕 하십니다.

할머니들은 경로당에 노는 자리가 있습니다.

그리고 또 다른 자리도 있는 모양입니다. 양지 바른…….

제사 이야기 2012. 9. 20.

경로당에 들어가니

할머니들이 식용유를 한 병씩 챙기고 계시네요.

"추석 선물이라고 어디서 들어온 모양입니다. 그지예?"

"아파트에서 항상 준다 아이가. 식용유하고 참기름도 한 병씩

수다, 꽃이 되다

주고"

"남으면 한 병씩 주면 좋겠거만은."

"아입니다. 집에 많이 있습니다."

"하도 뭐를 잘 안 해 먹으니까 기름을 한 병을 사도 오래 먹어예."

"와 밥을 안 해 묵어?"

"해 먹기는 하는데 남편도 저녁을 먹고 들어오는 일이 많고 그래가지고 잘 안 하게 되더라고요. 애들하고 뭐 쪼끔만 해가지고 먹고 그러니까."

"요즘은 명절 음식도 쪼매만 하고 그러데."

"옛날에는 먹을 게 없으니까 많이 한 거 아입니까?"

"맞제. 옛날에는 뭐 기름기 있는 기라고는 못 먹으니까. 명절 때 되면 기름으로 전도 부치고 안 했나. 그래야 동네에 기름내도 나고."

"요새는 먹을 기 천지로 있으니까, 이런 거 뭐. 명절음식 젊은 아들은 묵을라고 하나 오데 잘 안 묵지. 그때 쬐금 묵고 말지"

"근데 할머니는 오데 아프세요? 한참 안 보이셨잖아예. 안색이 좀 안 좋아 보이세요?"

"내가. 좀 아파요."

"어디가예? 많이예?"

"당뇨야 당뇨."

"운동을 많이 하소. 나는 이리저리 막 걸어 댕기고 해."

"요즘 당뇨병 가지고 있는 분들은 많은 것 같아요."

"당뇨 아니면 혈압은 다 있다 아니가."

"나도 원래 당뇨 같은 거 없었거든. 그런데 어느 날 몸이 좀 피곤하고 그래서 갔더만 당뇨더라니까. 병 오는 기 눈 깜짝할 새다."

"혈압약도 많이 드시지예?"

"묵지. 많이 묵는다."

"옛날에 말랐을 때는 없더만은, 살이 찌고 그러니까 혈압이 높아지더라니까, 그래서 그만 약 묵는다 아니가."

"내는 갈란다, 장 보러."

"추석장 보러예?"

"살살 준비해야지."

"나는 명절장은 다 시키뿌린다. 며느리들한테 니는 과일 사 온나, 생선 사 온나, 그리 시킨다."

"나도 옛날에는 내가 다 했는데 인제 몸이 안 좋아지니까 안 되겠더라고. 그래가지고 다 사 오라고 했다."

"며느리 입장에서 보면 좋을 수가 있어요. 저도 시댁에 뭘 사가야 될지 고민하고 그러거든예. 딱 정해주시면 좋을 것 같아요."

"나는 그만 꼼작꼼작한다. 한 그릇 차릴 거만 사가지고 한다. 나물하고 탕국거리하고 그렇다. 생선하고 과일만 사 와도 편하지."

"편하고 말고예."

"요새는 그래도 제사도 빨리 지내고 그런다 아니가?"

"옛날에는 12시 돼야 지내니까 도시에서 오는 아들은 다 죽는 기라"

"아이구. 그때 생각하면 꾸벅꾸벅 졸면서 운전하고 올라가고 그

수다, 꽃이 되다

리 했을 거 아이가."

"나도 시어머니 돌아가시고 내한테 딱 제사 왔을 때 딱 바꿨다. 일찍 지내는 걸로. 그래야 사람이 살제? 안 그렇나?"

"하모. 때에 따라, 방식에 따라 편한 대로 하면 되지 오데. 제사가 별기 있나."

"그래도 명절에 자식들도 보고 손자들도 보고 그러니까 좋으시지예?"

"하모. 그 낙에 음식도 장만하고 그러는 기제."

식용유를 한 병씩 챙겨든 할머니들이
오늘은 좀 빨리 집으로 가시네요.
추석이 다가오긴 다가오는 모양입니다.
할머니들하고 이야기를 하다 보면 삼천포로 빠지기 십상입니다.
오늘도 추석으로 시작된 이야기가
아픈 몸으로 갔다가 다시 또 제사 이야기로 빠져듭니다.
그래도 할머니들의 이야기는 재밌기만 합니다.

다함께 책을 읽은 날! 2012. 10. 11.

"오늘은 할머니들하고 책 한 권 읽고 싶어서 가져왔는데 괜찮으시겠어요?"

"괜찮지."

"책 읽는 기 우때서. 괜찮아."

"그림책도 있고 옛날이야기도 있고 그러는데, 애들만 보는 게 아니라 제가 도서관에서 아저씨 아줌마들한테 읽어도 좋아하시더라고요. 그림은 안 보이셔도, 이야기만 들으셔도 좋을 것 같아요."

"예~."

"돌부처하고 비단장수가 나오는 이야기예요."

『돌부처와 비단장수』 이야기를 읽어줍니다.

(모두 짝짝짝)

"읽으니까 좋네. 재미있네."

"배울 게 있네. 그냥 이야기처럼 들리는데 배울 게 있거든, 다 그 안에는."

"며느리 시집살이하고 그런 거는 없는가? 도서관에 그런 거 좀 가져오지."

"시집살이 그런 거는 눈물 나잖아요?"

"눈물 나면 울면서도 읽고, 재미나면 웃으면서 웃고. 그렇지 뭐."

"할머니는 그림책 그런 거 좋아하나 봐요."

"이야기를 내가 좋아하거든. 우리 손자가 오데서 빌려온 거 읽어보고 그랬다 아니가."

"그렇구나."

"도서관에 한 번 가봐야 되겠네. 올매나 재미있는 게 많은지."

"네, 꼭 놀러오세요. 한 번 놀러 오시면 더 재미있는 책 보여드릴게요."

"이게 지금 그림책으로 나와서 그렇지. 우리도 이야기 다 듣고 자라고 안 그랬나."

"그렇지예. 돌부처, 이것도 딱 그림으로 그려놓고 그래서 그렇지. 옛날부터 다 전해 내려오던 이야기 아닙니까?"

"하모 하모! 이야기 맞다."

"요즘 아이들이 불쌍한 게, 딱 이야기로 듣고 자기가 돌부처가 우찌 생겼을까 상상도 하고 그렇게 들어야 되는데. 이렇게 그림으로 딱 그려져 있으니까 상상이 잘 안 되고 그러는 게 있어요."

"할머니들이 이야기를 해주고 그러면 얼마나 좋을까?"

"옛날에 할아버지들이나 오빠들이 우리 모아놓고 이야기하고 안 그랬나. 그런 거 듣고 참 재미나다, 그러고 그랬지."

"저도 할아버지한테 이야기 막 듣고 자랐는데 좋았던 것 같아요. 지금 생각하니까."

"내가 웃기는 얘기 한 개 할까?"

"네."

"아침에 빨래를 한가득 해 놨더라고. 그래서 널라고 나갔는데 전화가 온 기야. 그 전화를 받고 나서는 그냥 잊어뿌렸어."

(모두 하하하하)

"저녁에 며느리가 와가지고 '어머니 와 빨래가 요기 있습니까?' 하는데 생각이 나는 기라. 그래가지고 아침에 나갔다가 전화 받고 잊아뿟다, 그랬지 뭐. 그래 어제 그 빨래가 말랐으면 아침에 할 일 (빨래 개는 일)이 있을 낀데 없어서 물 뜨러 갔다 아이가."

(모두 하하하하)

책을 한 권 골라서 할머니들한테 갈 때는

이걸 좋아하시려나?

안 좋아하시면 어쩌지?

하는 두려운 마음이 있었어요.

그런데 책을 다 읽어드리고 나니 할머니들이 좋아하시고

또 자기가 아는 이야기도 한 자락 펼쳐놓으시고…….

할머니들도 누군가의 책 읽는 소리가

그리우셨나 봅니다.

수다, 꽃이 되다
맨발동무도서관의 마을만들기 프로젝트

초판 1쇄 발행 2012년 12월 20일

엮은이 임숙자
사진 백복주
펴낸이 권경옥
펴낸곳 해피북미디어
등록 2009년 9월 25일 제2009-000007호
주소 부산광역시 동래구 온천2동 399-12
전화 051-555-9684 | 팩스 051-507-7543
전자우편 bookskko@gmail.com

ISBN 978-89-963292-7-5 03810